KB151807

숨막히는
네 글자

숨막히는 네 글자 - Encore Orgasm

초판 인쇄   2019년 4월 5일
초판 발행   2019년 4월 15일

지은이   이웅희
펴낸이   박노일

총괄기획   김중용 · 최준규
편 집   심성보

펴낸곳   pnc
             publishing and culture
             피앤씨 미디어
             경기도 고양시 일산동구 강송로 153 310-1501
             등록 제396-2012-000203호
전 화   070)7550-3758 팩 스 02)718-8554
홈페이지   www.pncmedia.co.kr   이메일   pnc@pncmedia.co.kr
ISBN   979-11-5730-613-8   03810

정 가   15,000원

숨막히는 네 글자

Encore Orgasm

이웅희 저

publishing and culture
피앤씨 미디어

숨막히는 네 글자 〈오르가즘〉

소셜 네트워크 서비스, 트위터(Twitter)에서 하는 놀이로 네 글자로 된 '가슴 뛰는 말을 해보기'가 있다. 젊은이들은 '정시퇴근', '택배왔어', '월급전날' 등의 네 글자로 '쿵쾅쿵쾅', '두근두근'이 유발된다고 한다. 여러 가지 재치있는 의성어, 의태어, 사자성어들도 우리의 가슴을 뛰게 한다.

필자는 연전에 '네 글자 Four-letter words'라는 책을 낸 바 있다. 우리가 알고 있는 네 글자로 된 사자성어가 가지는 역사적 문화적 가치와 품격에 비해, 같은 네 글자이지만 서양의 Four-letter words는 주로 저속하고 비하하는 욕설이 주를 이루는 것을 보면서 같은 현상을 보고도 보기에 따라서는 상대적으로 다른 의미일 수 있다는 내용을 인생살이에 빗대 써본 글들이다. 이러한 상대성은 '성(性)'에 관해서는 더욱 그러하다. 하도 네 글자로 인사를 해대었더니, 지역 의사회 단톡방에서도 재미삼아 하루 종일 '반갑네요!' 인사말을 네 글자로 하고 있다.

가슴 뛰는 말보다 한층 더 숨막히는 성의학 용어가 '오르가즘'이다. 성상담을 해오면서 그동안 환자들과 함께한 '성(性)'에 대한 이야기를 숨막히는 네 글자로 써보았다. 그리고 성적인 건강을 위한 성적재활의 '한 단계 올라서는 성(性)'을 〈앙코르〉로, '다시 한번 느끼는 오르가즘'의 의미로 받아들인다.

머리글을 대신하고픈 시가 있다.

파도　　　유승우

파도에게 물어봤습니다.
왜 잠도 안자고,
쉬지도 않고,
밤이나 낮이나 하얗게 일어서느냐고,
일어서지 않으면
내 이름이 없습니다.
파도의 대답입니다.

성상담 진료실에서 상대적인 아름다움, '나이들어 가는 것'을 상담의 제일 목표로 한다. 자신의 전체적인 건강을 돌아보고, 신체적 나이를 평가해 본다.

중년의 아름다움이 멋지고, 노년에게는 노년의 아름다움이 있다. 성(性)도 마찬가지로 저마다 감상할 가치가 있다. 이것이 바로 깨달음이 있는 도가적(道家的) 성의학(性醫學) 가르침이라고 했다.

인생을 파도타기에 비유하기도 하는데, 파도가 없기를 바라는 중년 이후 성적인 만족도에도 여러 번의 커다란 파도가 닥친다. 파도를 파도로 보지 말고 멋지게 서핑을 즐기는 방법은 파도에 순응하고 스펀지로 만들어진 자신에 맞는 멋진 서핑보드에 늠름하게 올라서서 높은 파도를 즐기는 것이다.

성적인 만족을 즐기는 서핑보드는 비뇨기과 진료실에서 쉽게 구할 수 있다!

차례

제 1 장

輝煌燦爛 오르가즘
휘 황 찬 란

앙코르 오르가즘

Encore orgasm(安可 性高潮)

이제는 비뇨의학과로 명칭이 바뀐 '비뇨기과' 임상의사로 근 30년을 지내온 필자는, 그동안 성기능을 다루는 남성과학에 몰두한 시간이 가장 길었고 깊이 빠져 지낸 그 시간이 소중하게 느껴진다.

말콤 글래드웰 '아웃라이어(Outliers)'는 보통 사람의 범주를 넘어서 뛰어난 성공을 거둔 사람을 뜻하므로, 필자의 임상경험을 견주기는 부끄러운 수준이지만, 아웃라이어의 성공 비결을 독특한 시각으로 분석한 숙달되기 위해서 몰두하는 하루 3시간 10년의 노력은 1만 시간의 법칙의 필요조건이라고 설명된다. 돌아보니 25년 동안 성상담에 고민을 같이 나눈 환자가 누적 1만 명을 상회한다. 기간과 숫자를 내세워 감히 성상담에 전문성을 좀 가지게 되었다고 슬그머니 내세워본다.

비뇨기과를 전공하고서 마음속에 품고 사는 'ㅁ'(미음)으로 시작하는 한 음절로 된 네 글자가 있다. 성기를 다루는 학문에 입문하면서 소중함을 알게 된 '몸(身体)', 우리의 몸상태를 지배하는 마음 즉, '맘(心态)', 나의 전공에 몰두하며 느낀 나자신의 보람이라 할 수 있는 '맛(味道)' 그리고 몰두하며 느

낀 보람을 상대와 같이 나눌 수 있는 가치관의 틀이라 할 수 있는 '멋(风味)'
이 그 네 가지다.

그 모두를 지배하는 한 글자는 역시 4획으로 된 글자, 바로 마음인 것 같다.

네 글자 같은 한 글자 '마음 心'

연전에 '네 글자 Four-letter words'라는 책을 낸 바 있다.

우리가 알고 있는 네 글자로 된 사자성어가 가지는 역사적 문화적 가치와
품격에 비해, 같은 네 글자이지만 서양의 Four-letter words는 주로 저속하
고 비하하는 욕설이 주를 이루는 것을 보면서 같은 현상을 보고도 보기에 따
라서는 상대적으로 다른 의미일 수 있다는 내용을 인생살이에 빗대 써본 글
들이다. 이러한 상대성은 '성(性)'에 관해서는 더욱 그러하다.

곧게 자란 대나무는 철학적이다. 마디를 생장점으로 하여 마디마디 사이
로 성장하는 속이 빈 독특한 식물이다. 대나무가 바람에 꺾이지 않는 주요인
은 속이 비어 있기 때문이다. 여기에 단단함과 마디가 일조를 해서 바람에
잘 꺾이지 않는 것이다. 만약 대나무가 그 정도 굵기로, 키가 그 정도 높이로
속이 꽉 차 있다면 쉽게 부러지고 말텐데. 속이 비어 있음으로 해서 꺾임 강
도가 훨씬 높아진다. 속이 빈 건축용 파이프도 똑 같다. 동물의 뼈를 구성하

는 구조물도 속이 비어 있어 가벼움으로 강도를 유지한다.

따라서 대나무가 바람에 잘 안 꺾이는 것은 속이 비어 있기 때문이지만 단단함과 마디가 상승작용을 하여 더욱 강하게 버틸 수 있다. 생장점이 마디에 있음으로 해서 마디 사이가 생장하여 1년이 지나면 키가 모두 자라고, 그 이후는 단단하기만 높아지고 가지만 나온다.

다른 식물과 대비되는 대나무처럼 의학 분야의 '성의학'은 색다르다.

데이트를 하면서 들른 칵테일 바에서, 가족끼리 들른 휴양지에서 테이블 위에 놓인 주류 음료 메뉴의 한 가지 'sex on the beach - 海滩做爱'를 보면서 얼굴을 붉히는 사람은 없다. 즐거운 대화내용으로 가볍게 한번 주문 해 볼 수 있는 한 잔의 칵테일 이름일 뿐이다. 그런데 진료실에서 입에 담는 'sex'는 좀 다른 느낌이다.

성상담을 하는 의사 입장에서는 아무 생각없이 던진 '성행동에 대한 부주의한 언급'이 예민한 환자의 인터뷰를 어색하게 할 수도 있다.

그동안 환자들과 함께한 '성(性)'에 대한 이야기를 해보고 싶었다. '한 단계 올라서는 성(性)'에 대해 좀 더 편하게 접근해 보고자 시작하는 '성설(性說)'을 무지갯빛으로 써보기 위해 제목을 '다시 한번 느끼는 오르가즘'으로 세워 보았다. '앙코르 오르가즘 - encore orgasm'은 언젠가는 깔끔한 맛의 칵테일 이름으로 상표등록도 해보고 싶은 카피로 꿈꾸어 보고 있다.

오르가즘

두 마리 토끼

  '성(性)'에 대한 진료실 이야기의 제목과 '첫 장'을 〈오르가즘〉으로 한 것은 성상담 경험이 쌓여갈수록, 진료실에서 대부분의 성기능장애 남성은 '발기부전', 여성은 '욕구장애' 등으로 진단을 붙이는 것이 올바른 순서가 아니라는 생각 때문이다.

  탈모증을 치료하고자 했던 20대 대학생, 이부자리에서 엎드려 자위행위 했던 지루증, 유지불능증 환자들, 정액량이 완전히 없어진 30대 당뇨환자, 소변줄기가 가늘다고 전립선약을 복용한 중년의 사라진 오르가즘, 그리고 신경과 정신과약과 관련된 지루증, 사정불능증 등 수많은 환자에서 발기부전 이전에 오르가즘의 변화에 대한 원인의 이해와 교정이 필수적이다.

  혈압약을 복용하기 시작한 중년 남녀, 소화기계 암, 전립선암, 대동맥류 흉부외과 수술 후 성반응이 완전히 없어진 환자 등은 질병에 대한 치료 설명 과정 중에, 시간에 쫓기는 진료실에서 그 기전에 대해 설명을 듣기란 쉽지 않은 일이다. 시간이 꽤나 걸리는 성기능장애에 대한 설명은 대부분 오르가즘의 생리기전과, 복용하는 약물이나 수술결과의 상관관계에 대한 이해로부

터 시작되어야 한다.

　물론, 돌이킬 수 없는 결과를 받아들이는 과정이 되기도 한다. 이러한 분야를 다양한 생식기능 진료를 경험한 비뇨기과의사가 상담하는 것이 효과적일 것이라는 생각이 〈앙코르 오르가즘〉을 쓰게 된 동기가 되었다.

　오르가즘(性高潮: 성고조)에 대한 의학적 관심은 성기능 장애 중 발기부전(勃起不全)에 대한 치료가 발전해 오면서 동반한 오르가즘 장애에 대한 관심이 높아진 결과이다. 선천적으로 혹은 질병이나 다른 약물치료의 이차적인 장애라 하더라도 전문적인 진료를 요하는 분야라 비뇨기과 진료실에서 상담 빈도가 증가하고 있다.

　오르가즘 장애(orgasmic dysfunction)는 조루증, 지루증, 여성 절정감장애 등을 아우른다.

　오르가즘이란 남녀가 성관계를 가질 때 느끼는 절정감, 쾌감을 이르는 말이다. 성행위가 절정에 달했을 때 팽창된 근육과 신경이 폭발하는 순간의 압도적인 쾌감을 표현한 것이다.

　오르가즘(Orgasm)은 '욕망으로 부풀어오름'의 뜻인 희랍어인 'Orgao'에서 유래된 것으로 알려져 있는데, 오늘날 오르가즘은 신경생리학적인 측면과 개인의 주관적 표현의 두 가지 면에서 접근되고 있다. 즉, 생식기, 골반기관

등 몸에서 이루어지는 신경생리학적 반응 〈몸 반응〉과 대뇌에서 기원하는 주관적 쾌감 〈마음 반응〉이 그 두 가지이다.

〈몸 반응〉은 자율신경을 경유한 생식기, 유두, 피부전반의 혈관확장과 동공확대, 발한 등과 골반근육들의 수축현상이 동반되는 것이다. 〈마음 반응〉은 남성과 여성에서 느끼는 감각적 경험은 비슷해도 생식기의 〈몸 반응〉만큼이나 남성과 여성의 성은 질적으로 다른 것으로 알려져 있다.

성의학자 Kinsey는 오르가즘을 '성반응의 절정에서 나타나는 신경근육긴장의 폭발적인 분출'로 표현하기도 하고, Masters, Johnson은 '정액의 사정뿐만 아니라 부속생식기관에서 정액성분이 배출되는 것'으로 설명하기도 했다. 여성의 오르가즘에 대해서도 물리적인 용어로 설명하고자 하여 Masters는 여성의 질 내부가 수축되는 느낌에서 오르가즘을 경험하게 된다고 간주했고, 성의학자에 따라서 Kaplan 등은 단지 하나의 성적인 반사적 현상으로 설명하기도 했다.

인도의 오르가즘 전문의 코타리(Kothari) 박사는 기존의 오르가즘 장애에 대한 논란이 사정(ejaculation)과 오르가즘을 동일한 것으로 해석한 오류에서부터 혼선이 빚어지게 되었다고 보고, 남녀 모두 조기 절정감 반응(Early Orgasmic Response: EOR), 지연 절정감 반응(Delayed Orgasmic Response: DOR), 절정감 반응 손상(Impaired Orgasmic Response: IOR), 무절정감 반응(Absent Orgasmic Response: AOR) 등의 네 가지 장애로 분류했다.

쉽게 말하면 남성 오르가즘 장애를 조루, 지루, 오르가즘 약화, 불감증의 네 가지로 보고 각각 심리적, 기질적인 방법으로 진단하는 것이다.

여성의 분류도 마찬가지이지만, 여성은 조기에 절정감을 느끼는 경우 남성의 조루증과는 달리 성행위를 계속하는 데 지장이 없으므로 성적 만족에 문제가 없다. 여성의 절정감 반응 손상은 성욕 자체가 감소되는 경우가 많으며 불안심리가 연관되기도 하며 불감증은 성적인 억압에 기인한다.

오르가즘의 대표적인 2차적인 손상은 '당뇨병'에 의한 말초신경장애이다.

외과수술과 관련된 손상은 고환암 환자에게 시행하는 후복막강 임파선 절제술, 대동맥류 절제술, 전립선암 수술, 직장암 수술, 복부 회음부 절제술 등이 대표적이고 신경정신과 약물의 일부와 세로토닌 재흡수 억제제 같은 항우울증 약물이 성기능을 억제한다.

세계특허를 받아 조루증 약물로 사용하는 약물 '다폭세틴'도 세로토닌 재흡수 억제제인 '항우울제'를 속효성으로 개발해서 성반응을 억제하여 개발되었을 정도이다.

젊은 남성에서 드물게 보는 사정 후에 여러 부위의 근육 통증 등으로 온 몸에 몸살을 앓게 되는 병이 있다. 필자도 지금까지 20~30대 젊은 남성에서 5명 경험해 본 드문 질환인데 〈오르가즘후 통증증후군(Postorgasmic illness syndrome: POIS)〉이라는 병이다. 근육통, 두통, 피로감, 전신쇠약감, 감기증상. 불안증세까지 겪게 되는데, 의사도 당황스럽지만 혹독한 증상에 환자도 힘들고, 성관계 공포감이 무엇보다 커지게 된다. 사정 후 하루 이틀 또는 길게는 일주일간 극심한 몸살증상으로 앓게 되는데, 유럽의 학자들은 '자신의 정액에 대한 알레르기 반응'으로 보고 자신의 정액에 대한 탈감작 치료를 시도하기도 하며, 대뇌에서 일어나는 신경전달물질 또는 호르몬의 급격한 변화로 추정하기도 한다.

70대 중반 지역 주민이 소변을 시작하기가 힘든 증상으로 오셨다가 약을 드셔도 계속 더 힘들어 하셔서, 부인과 같이 상담하고 전립선비대증 요도 내시경 절제수술을 했다. 석 달 후 소변이 시원하다던 부부가 오셔서 조금 짜증스런 표정이시다.

부인 왈 "우리 아저씨를 왜 〈고자〉를 만들어 놨슈?"

필자는 무척 당황스러웠다. 한참 두 분을 번갈아 쳐다보았는데, 남편의 부연 설명으론 '소변은 콸콸인데, 정액량이 많이 줄어들었다!'는 것이다. 아니,

수술 전에 그렇게 설명을 드렸고 '오케이! 오케이!'하시던 분들이 무슨 말씀이냐고 하니, 그래도 이럴 줄은 몰랐다고 하신다.

사실, 불편한 정도를 나타내는 전립선증상점수가 높으면 성기능이 낮아지는데, 내시경 수술인 경요도적 전립선 절제술 후의 성기능조사에 의하면, 성적인 만족도나 성욕에 대한 만족도의 변화는 거의 없고, 오히려 조조발기력은 증가하는 것으로 나타난다. 그래도 정액량의 변화는 오르가즘의 변화로 느껴지고, 반드시 수술 전에 설명이 되어야 한다.

'두 마리 토끼'로 설명드릴 수밖에 없다.

서구사회에서 남성 암 발생 1위인 전립선암의 근치적 치료로 많이 시행되고 있는 '근치적 전립선 절제술'의 경우에는 보고자마다 발기신경을 보존하는 술기에 따른 성기능의 보존에 편차가 다양하게 보고된다. 대부분은 술후에 만족스러운 발기력을 유지하기가 어려워서 30% 정도가 성생활을 유지할 정도이고 대부분은 성생활을 위해 약물을 복용하거나 일부는 인공적으로 발기력을 회복시키는 음경보형물수술이 필요하다.

세계적으로 탈모치료제의 임상시험이나 치료제의 열풍이 가장 뜨거운 나라가 대한민국이다. 대표적인 전립선약인 피나스테리드, 두타스테리드 등은 전립선의 크기를 줄이는 5 - 알파 환원효소를 억제함으로써 남성호르몬 대사를 억제하는 약물이다. 성욕에도 변화가 오고, 당연히 오르가즘에 영향이 있다.

다른 병원에서 가져온 용하다는 탈모 처방전을 보니 전신에 털을 나게 하는 부작용이 있는 이뇨제까지 포함되어 있다. 참으로 용감무쌍하다.

해가 갈수록 〈헤어라인〉이 〈오르가즘〉보다 우위에 있음을 절실히 느끼게 된다.

행복은 오르가즘과도 같습니다.

너무 집착하면
너무 잡으려고 안달하면
더 멀어지는 법입니다.

속도를 늦추고
하루를 채우는 방법을 생각해야 합니다.

너무 속도를 올리면 주위의 아무것도 보이지 않고
꼭 잡고 확인하고 나아가야 할 것을 다 놓치고 갑니다.

황홀극치
그보다 더 좋은 것이 없는 것

'성(性)'에 대해 이야기하기는 죽음에 대한 담론보다도 더 어렵다고 느껴진다. 왜냐하면 남성의 음경이 수도 없이 '스구, 죽구(서고, 죽고)' 하기 때문이리라. 필자는 숨막히는 네 글자 〈오르가즘〉을 완벽하게 해설한 시를 마음속 깊이 간직하고 있다. 바로 〈황홀극치〉이다.

아름다운 언어의 시인 나태주 선생님께서 특급뉴스 인터뷰를 통해 〈황홀극치〉를 쓰신 배경을 말씀하신 적이 있다.

황홀극치   나태주

황홀, 눈부심
좋아서 어쩔 줄 몰라 함
좋아서 까무러칠 것 같음
어쨌든 좋아서 죽겠음
해 뜨는 것이 황홀이고
해 지는 것이 황홀이고

새 우는 것 꽃 피는 것 황홀이고

강물이 꼬리를 흔들며 바다에

이르는 것 황홀이다

그렇지, 무엇보다

바다 울렁임, 일파만파, 그곳의 노을,

빠져 죽어버리고 싶은 충동이 황홀이다

아니다, 내 앞에

웃고 있는 네가 황홀, 황홀의 극치다

도대체 너는 어디서 온 거냐?

어떻게 온 거냐?

왜 온 거냐?

천 년 전 약속이나 이루려는 듯.(2010)

'황홀'과 '극치'란 말은 서로 만나기 어려운 말입니다. 특히 극치란 말은 '도달할 수 있는 최고의 정취나 경지'나 '극단', '끝'을 가리키는 말로서 일상어가 아닐 뿐더러 내용 또한 구석진 단어입니다. 한 때 '장락무극(長樂無極)'이란 말을 좋아했습니다. 이 말 또한 특별한 사자성어로 '긴 기쁨이 오래 끝까지 간다'는 뜻일 겁니다.

'황홀'이란 또 무슨 뜻입니까? '눈이 부시어 어릿어릿할 정도로 찬란하거나 화려함'을 가리킨다는 것이 사전적 설명인데 이 두 말을 조합했더니 그 두 말의 조합에서 무언가 폭발하는 듯한 느낌이 나옵니다.

그렇게 3연까지가 황홀과 그 극치, 그러니까 끝까지 닿은 황홀의 상태를 내 나름대로 표현해 보았습니다. 그러다가 4연에 와서 과감하게 반전을 시도합니다. 지금까지는 자연이나 풍광을 통해 황홀과 극치를 말해보려고 했는데 그것이 잘 안 되니까 '인간' 쪽으로 돌아서는 것입니다. 정작 이 시의

핵심은 후반부에 있습니다. 급하게 치솟아 올라갔던 감흥이 빠르게 내려앉으면서 다스림으로 결론을 내립니다. '너'를 만난 것에 대한 감격을 '천 년 전 약속'으로 극대화시킵니다. 가슴에 먹먹한 느낌의 물결이 일어납니다. 사랑의 환희이기도 합니다. 시를 쓰던 때의 감격이 다시금 살아나는 듯해서 가슴이 뜁니다. 아, 나에게도 그런 시절이 있었던가!

시는 고요한 문장이지만 그 안에 충분한 일렁임을 간직하고 있습니다. 감정이 상승하고 고조되는 부분에서 따라서 출렁임을 느끼곤 합니다. (나태주, "나의 시 '황홀극치' 이렇게 썼다" 중에서: Express News 특급뉴스 2018.3.25.)

이 '황홀극치'를 성의학적인 〈오르가즘〉으로 풀어보면 오르가즘은 정신, 성 반응이기 때문에 물리적 연관성의 기술로만 설명되기는 어렵다는 것을 나타낸다. 여성에서는 어느 정도 학습되어지는 활동으로 간주되고, 사회적, 문화적 요인이 여성의 성반응에 영향을 준다고 한다. 성반응은 성행위와 연관된 수많은 정신사회적, 환경적 변수에 의해 그 만족도가 좌우되는데, 남성보다 여성의 오르가즘이 훨씬 주관적인 경험이다.

일반적으로 오르가즘이란 남녀가 성관계를 가질 때 느끼는 절정감, 쾌감을 이르는 말이다. 성행위가 절정에 달했을 때 팽창된 근육과 신경이 폭발하는 순간의 압도적인 쾌감을 표현한 것이다. '오르가즘'은 '절정감'이라고도 하고 남녀를 막론하고 '신이 인간에게 준 가장 놀라운 선물'이며 인간에게 있어서 '그보다 더 좋은 것이 없는 것'이라고도 한다.

아무리 그보다 더 좋은 게 없다고 하여도 시적인 '황홀극치: 恍惚極致' 표현은 참으로 멋지다!

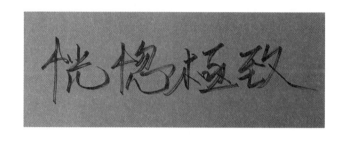

불알닦이

혼을 담은 시공!

지난 연초 영화 '1987'을 가족과 함께하고 울컥 눈물이 났다. 격동의 80년대 어지러운 대학 캠퍼스 분위기 속에 의과대학 학창시절을 보내면서 세브란스병원 실습을 돌던 그 해, 이한열 열사와 당시 상황이 벌어진 바로 그 시절이 그대로 눈앞에 펼쳐지니, 사무치는 여러 가지 일들이 생각나 눈앞이 뿌옇게 되었다.

의대 본과를 시작한 1980년대 중반 들어 방황한 적이 있다. 부모님의 별거생활이 시작되고 결국 어머니는 장기간의 외국체류를 시작하셨다. 집안의 버팀목이던 형님의 병원 입원기간이 길어지면서 가족 구성원 모두 힘들어했던 시기에 막내는 고3 수험생활에 지쳐가고 있었다.

의과대학과정이 피곤하고 힘들다지만, 가족 중에서 나의 일상이 그나마 제일 형편이 나은 편이었다. 그 시절 나름 울적해져서 일과가 끝나면 도서관보다는 우선 시장골목에 들어가 한잔 걸치는 데 마음이 가 있었다.

당시 새로 개원한 연세의료원 재활원 실습을 맡아 나갔던 2주간, 척수손상 하반신 마비환자를 담당하고 기계적인 '병력조사, 신체검진, 진찰소견' 과제물을 제출하고 오늘도 석양을 바라보며 가운을 벗고 마음 달래기나 하러 나가볼까 궁리하던 오후시간은 지겹게 맴돌고 있었다. 처음 맡게 된 30대 후반 요추손상 환자 W씨는 얼굴에 미소가 가득한 환자였다. 다음 실습조 학생에게 인수인계하기 직전 W씨의 말이다.

'저에게 가장 기억에 남는 의대선생님이시네요.'

'담당 실습 첫 날 신체검사하실 때, 제가 본 분 중에서 제일 무성의하게 하셨어요!' 하면서 웃으신다.

W씨는 나의 의과대학생 임상실습기간보다 환자로 입원한 기간이 길었던 분이라 그동안 거쳐간 다른 동료들과 비교해서 나를 〈가장 엉터리 환자 진찰 임무수행자〉로 평가하신 것이다. 그날 겸연쩍게 돌아섰던 내 얼굴은 하루해가 저물면 한잔 걸쳐 벌개지던 내 얼굴색보다 훨씬 더 벌겋게 달아올랐다.

사건 이후 의과대학 졸업할 때 까지 임상 실습에 임하는 내 모습에 많은 변화가 있었다. 그리고 해떨어지면 시장골목 가던 습관도 줄었다. 졸업 후 인턴 레지던트 과정을 하면서 전공을 선택하고 전문의과정을 마무리하기까지 재활원실습 때의 경험이 큰 자극제가 되었다. 무엇보다 환자를 앞에 두고 문진하고 신체검사하는 시간에 항상 마음을 새롭게 다잡고 〈제일 무성의한 의사〉를 벗어나려고 노력하게 되었다. 사실 레지던트 수련기간 잠을 못자고 고되더라도 지도교수님들의 지시사항과 수술실의 쳇바퀴 돌아가는 일과를 꾹 참고 해낸 건 'W환자의 고언' 덕분임을 부인할 수 없다.

수술환자의 수술부위를 수없이 소독하고 닦는 단순 작업 같은 일도 나는 '혼신을 다해 닦는 일'에 몰두하였다. 수술실 마취과 교수님들도 새로 시작한 비뇨기과 1년차 레지던트의 닦는 손재주가 특이하다고 단체로 우리 수술실 창문 너머로 구경하시곤 하였다. 명예로운 〈불알닦이〉 별명도 얻게 되었다.

요추손상 환자 W씨의 격려를 받고 헤어진 3년 후, 비뇨기과 레지던트로 변신하여 밤낮없이 병원을 휘저으며 날아다니던 어느 날 오후, 신환을 받고 다음날 수술 계획표를 작성하던 중 깜짝 놀랐다. 예의 W환자가 나타난 게 아닌가? 의외의 만남에 너무 놀라고, 이때부터 W씨와의 사적인 인연이 시작되었다.

척수 손상 하반신 마비에 대한 재활치료 후 부부간에 여러 가지 고민 끝에 성 재활치료 프로그램으로 비뇨기과 상담을 신청하였다. 당시 지도교수께서 척수손상환자에 대한 수술적인 경험이 많으셨기 때문에 주간 수술 스케줄이 항상 붐비던 때였다. 힘들고 바빴던 전공의 생활 중, 나의 의사생활 여정에 방향을 바꾸어준 W환자를 다시 병원에서 만나 큰 힘이 되었고, 환자가 음경 보형물 수술로 성적인 재활치료가 마무리 되어 퇴원하던 날, 필자는 재활원에서 인연 맺고 학생실습 때 마음속 빚을 진, W환자에게 성적인 재활의 마지막을 담당하여 마무리까지 같이할 수 있었다는 보람에 가슴이 뿌듯하였다.

일반인들이 궁금해 하는 내용은 감각이 없는 하반신 마비 환자들이 음경 보형물을 수술 받았을 때 과연 성적인 만족감이 어떠할까 하는 것인데, 대부분 수술 후 만족도 조사를 해보면 자신의 성감각의 만족이 아니라 성적인 행동을 통해 느끼는 배우자와의 만족도가 매우 높은 것으로 나타난다. 하반신 마비환자뿐만 아니라 사지마비 환자도 보형물수술 후에는 비록 손을 쓰기가 쉽지 않아 배우자의 협조를 받더라도 성적인 재활에 성공하는 사례를 통해 보면 부부간의 성적인 행동을 자연스럽게 회복시키는 면에서 아주 유용한 수술 치료요법이다.

레지던트 시절 수술적인 치료가 일차치료로 적용되던 시절에 비하면 최근에는 먹는 약, 해면체내 주사요법 등의 단계적인 치료를 받으면서 자연스러운 성적인 만족도를 높이는 방법으로 남성과학의 큰 발전을 이루었다.

이제는 척수 손상 하반신 마비환자뿐만 아니라 어떤 장애 영역도 성생활이 불가능한 경우는 없다고 할 수 있다. 중년 이후의 뇌졸중 환자와 같이 자기 몸을 가누기도 힘든데, 성생활이 가능할까 생각할지 모르지만 분명한 것은 그들에게도 성생활을 누릴 권리가 있고 성기능과 성적욕구 또한 강하게 살아 있다는 것이다. 장애 이전의 성활동성이 높았던 경우에는 재활과정에서 더 적극적으로 병행치료를 하게 되기도 한다.

장애인의 성 문제를 다룬 서동일 감독의 다큐멘터리영화 '핑크 팰리스'가 있다. 영화 제목 '핑크 팰리스'는 호주 멜버른 시에 있는 장애인 전용 성치료소 이름에서 따왔다. 휠체어용 경사로와 넓은 문, 좌식 샤워기 등 편의시설을 갖춘 성적 재활시설인데, 성행위에 대한 직접 도우미의 존재가 불법인 우리의 현실에서는 당장은 어렵더라도 미래의 재활시설로 꿈꾸어 진다.

청년 〈불알닭이〉의사가 '보람에 찬' 중년의 〈불알닭이〉 생활을 하면서, W씨의 모습을 떠올리며 해보는 무지개빛 꿈이다.

비뇨기과 의사가 축복받은 일은 여러 가지가 있다. 친구들끼리 해대는 허튼 욕은 거의 전부 성기 관련 욕 아니던가. 활자로 옮기기도 힘든 심한 욕, 'x 까구있네!'로 시작하여 분위기가 험악해진 친구들끼리 시작한 허튼 싸움판에서, 비뇨기과의사는 항상 한걸음 앞으로 자신있게 나서서 "내가 하루 종일 하는 일을 가지고, 당신들이 뭐 어쩌구 저쩌구 하는거야?" 비뇨기과 의사는 이 한마디로 좌중을 한바탕 웃기고 말다툼을 막아낼 수 있는 큰 재주가 있다.

30년 〈불알닭이〉 의사의 수술실 슬로건은 〈혼을 담은 시공!〉이다.

혼을 담은 공

묵 – 찌 – 빠

가위 – 바위 – 보

가위 – 바위 – 보는 오랜 역사의 재미있는 게임이다. 세상에 가위 – 바위 – 보 한번 해보지 않은 사람이 있을까? 허나 가위 – 바위 – 보를 누구한테 어떻게 배웠던가 돌이켜 생각해 보면 까마득해서 잘 모를 일이다. 지나고 보면 아이들 하는 놀음으로 우습다지만, 한때는 매우 중요한 결정을 가위 – 바위 – 보로 해본 경험이 누구에게나 있다. 그리고 대부분이 이렇게 간단한 게임, 가위 – 바위 – 보에 얼굴을 붉히며 몰두한 적도 있었다. 신이 나서 전후좌우로 폴짝거리며 발로도 해본 기억도 있다.

진료실에서 부부상담을 해 보면 성생활이 바로 가위 – 바위 – 보와 같은 게임이 아닐까 생각해 본다.

어린애가 가위 – 바위 – 보에서 무엇을 낼 지 결정할 때 진지하게 고민해 보듯, 성생활에 노심초사하는 사람, 부인은 보자기를 내는데 자기는 한 번 쉬어보는 사람. 부인이 가위를 늦게 내었기 때문에 이번 가위 – 바위 – 보의 승패는 무효라고 주장하는 사람. 부부지간에 해본 게임을 가지고 한번 졌다고 비탄에 빠진 사람, 한 번도 빠지 않고 이기지 않으면 분을 삭이지 못하고

부부싸움까지 가서는 기어코 주먹을 내고야 마는 사람, 이 친구, 저 친구와 가위–바위–보를 해서 다 이겨야만 직성이 풀린다는 괴짜들…

그중에 제일 안타까운 이들이 가위–바위–보에서 서로 이기려고 침문혀 가며 이리저리 재보는 사람들인데, 부부가 서로 그러고 앉았으면 안타깝다 못해 웃음이 난다.

아이들 놀음을 뭐 나이 들어 하냐고 초월해 있는 이들도 있는가 하면, '내가 아직 이럴 때가 아닌데…' 하면서 가위–바위–보 없는 세상을 살맛이 무어냐고 부친뻘 되는 노인장들이 무릎을 다가세우실 때는 맞장구를 치는 수밖에.

가위–바위–보를 즐기려면 어린아이처럼 게임에 진지하게 몰두할 줄 알아야 한다. 또한 이 게임은 본래 한사람이 박자를 맞추지 못하면 이루어질 수 없는 오묘한 상대성이 존재한다.

많은 남성들이 오십견으로 가위–바위–보를 위한 어깨 들어올림이 힘들어짐을 느꼈을 때 놀라고 당황하게 된다.

20년 전 세계적인 주목을 받아 관심 속에 출시된 〈비아그라〉가 특허만료로 저렴한 복제약이 나오기 시작했다. 이 마술과도 같은 파란 알약이 가위–바위–보를 위한 어깨 들어올리기를 쉽게 도와드리기도 한다.

〈가위–바위–보 잘 안되는 분〉들을 면담하다 보니, 이건 꼭 어깨를 들어

올리지 않아도 정다운 눈길로 손짓만으로도 승부도 가르고, 비겼다고 웃을 수도 있고, 때때로 지기도 하면서 즐길 수 있는 게임인 것이다.

나는 진료실에서 환자들에게 가위 - 바위 - 보가 지겨우면 한 차원 높여 서로 리드해 가면서 목소리도 내보는 〈묵 - 찌 - 빠〉를 해보라고 권하기도 한다. 그리고 꼭 당부하는데, 이기려고만 하지 말고 비겨가며 해보는 재미를 느껴보시라고 말이다. 왜냐하면 '가위 - 바위 - 보'든 '묵 - 찌 - 빠'든 비겨야 자꾸자꾸 재미나게 할 수 있기 때문이다.

성의학의 제1격언은 〈孤掌難鳴: 孤掌难鸣, 고장난명〉이다. 외손뼉만으로는 소리가 울리지 아니한다. 혼자 힘만으로는 어떤 일을 이루기 어렵다.

'성의학'의 '성(性)'의 의미는 고전에서 더 깊이 있게 언급된다.

'마음이 있지 않으면, 보아도 보이지 않으며 들어도 들리지 않으며 먹어도 그 맛을 알지 못한다.(心不在焉 視而不見 聽而不聞 食而不知其味)'는 대학의 명언과 '사람들은 음식을 먹으면서 그 음식 맛을 제대로 알지 못한다.(人莫不飲食也, 鮮能知味也)'는 중용의 철학은 인생의 참맛과 '성(性)'의 의미를 깊이 느끼게 한다.

맛을 느끼지 못하고 오로지 배를 채우기 위해 음식을 먹고 마시는 것은 인생을 살면서 삶의 참맛을 제대로 느끼지 못하면서 하루살이, 이리저리 방황

하는 인생과도 같다는 뜻이며 이는 깊이 있는 '성(性)'의 의미를 횟수 채우는
의미로 살아가는 것과 같은 의미가 아닐까 한다.

맛을 느끼면 멋도 따라오기 마련이다.

헤이데이

Heyday(전성기: 全盛期)

한여름, 피크 더위 때 휴가차 여러 가족이 모여 양평에 물놀이를 다녀왔다. 친구의 별장에 몇 가족이 모여 수영도 하고 푸짐한 파티를 하는데 우연히 내 옆에 그 집 늦둥이 남매 중2 여자아이와 초등 4학년 남자아이의 대화에 끼어들게 되었다.

건너편에는 이제 막 의대본과 1학년 기말시험을 끝내고 합석한 언니가 앉았고, 내 옆에는 의대 기초학 교수를 하고 있는 친구가, 그 옆에는 임상하는 안과교수가 앉았다.

요즘 초등 4학년 남학생은 '사춘기'임이 확실하다. 옆에 앉아 들어 보니, 부모에 불만이 많다. 부쩍 심해진 영수 과외에 뭐 음악학원꺼정, '인생이 어쩌구.' 그러는데 점점 인생살이에 대한 고민이 심각하다.

한참 듣던 중2 누나(아주 총명하고 학업성적이 특출한 여학생)가 특목고 입학을 앞둔 시점의 자신이 요즘 겪는 인생에 대한 고민을 쏟아부으면서, 남동생에게 지금 4학년 때가 정말 좋은 때라는 걸 알게 될 거라고 한다. 그 말을 하는 자신의 눈빛은 반짝이는데, 피로감이 자욱하다.

　바비큐에, 샴페인에 기분 좋은데 앞에 앉은 아이들은 표정들이 영~ 아니다. 점점 어른들이 아이들의 대화에 집중해가게 되었다. 남동생은 '누나는 날 이해 못해!'라는데, 의대 본과 여학생이 한마디 한다.

　"애들아 이렇게 더운 여름방학에 수영도 하고 얼마나 좋아, 즐겁게 놀자. 오늘 여러 가족이 모였으니까." 그렇게 말하는 의과대학 본과 여학생은 짧은 방학과 공부에 대한 압박을 아직 집에다 떨치고 오지 못한 느낌이다. 그리고 외교관인 아빠의 친구들, 의사들이 세 명이 앞에 있는데, 한 분이 해부학 교수라고 하자 자신의 고민을 털어 놓는다.

　"본과생활 이제 시작인데, 기초학 공부 너무 힘들어요. 앞으로 임상과목 공부는 또 얼마나 힘들까요?"

　말을 받아서 해부학 교수 친구가 의대 생활의 이모저모 이야기도 하고 격려의 말을 해주고 하는걸 보다가 주책없이 필자가 한마디 했다.

　순서대로 질문을 던졌다.

　"의대 본과생, 너는 중 2때 어땠어?"

　"어휴 중 2 때만 같으면~~" 하고 씩 웃는다.

　"어이! 여중 2! 초 4 남동생이 불만이 많은가배. 너는 초등학교 4학년 때 어땠어?"

　"에이, 초등 땐 참 재밌고 즐겁고~~"

"어이 초등 4학년 !!!! 누나가 너 때가 젤 살만 할 때라는데! 웃긴다 그치?"

"대학생 누나. 아저씨가 보기엔 말이야, 초딩 중딩은 모르겠고. 의사 되고 나서 30년 되어 오는데, 〈의대 본과 다닐 때의 젊음과 꿈〉이 내 인생의 꽃이 였다우!"

학생 때 공부 잘하던 멋쟁이 동기 의대교수가 옆에서 씩 웃는다.

"내 말이 바로 그 말이야. 지나고 보면, 그때가 좋았던 거야. 그때그때 해나가면 의과대학 졸업은 문제없어. 하하, 근데 졸업하구서 말이야, 그 때부터 문제가 아주 심각해지거든!"

무상(無常) 이라고 하죠   무진

오늘이 가고 내일이 옵니다.
겨울이 물러나길 봄이 기다립니다.

청춘이 지나고 늙음이 찾아 옵니다.
삶이 멈추면 죽음이 이어집니다.

고난을 넘기면 기쁨이 맞아줍니다.
그리고 잠을 깨면 꿈도 사라집니다.

바버라 브래들리 해거티의 '인생의 재발견'은 갑작스런 건강악화와 우환을 연이어 당하면서 50대, 그리고 60대, 70대가 된다는 건 또 어떤 의미일지 인터뷰를 통해 자료를 모은 책이다. 청년은 재미, 중년은 의미를 찾아야한다. 중년의 재발견은 인생의 재발견이다. '활기차게 살라!' 늘 하던 일만 반복하지 말고 새롭게 열정을 쏟을 대상을 찾아서, 분명한 목적의식을 갖고 인생을 사는 것이다.

'행복보다는 삶의 의미를 추구하라!' 인생의 보다 깊은 목적을 추구하여,

중년의 시기엔 인생의 의미를 찾아야 한다.

〈중년 이후의 생각이 경험을 결정한다.〉 '인생에서 맞닥뜨린 어려움'보다 더 중요한 것은 '그 일에 대한 나의 반응'이다.

인생에 좋은 일만 일어나기를 바랄 수는 없다. 어려움은 내 뜻대로 할 수 없지만, 그에 대한 나의 반응은 내 뜻대로 바꿀 수 있다는 결론이다.

그런 위기 대응을 하다보면 '60대부터'는 어깨의 짐이 누그러지면서 나의 인생의 반전이 시작된다.

의예과 때 철학개론을 가르치시던 '백년을 살아보니'의 김형석 명예교수께서도 '인생의 황금기'를 60세~75세라고 하신다. 그 정도 나이가 되면 자녀들은 다 출가했고, 건강관리로 병원비만 안 들면 돈 들어 갈 곳도 없고, 하고 싶은 일 하면서 살 수 있는 인생의 황금기가 온다고 하신다.

인생의 전성기란 운동선수에게는 제일 좋은 기록을 내서 자신의 명예를 한껏 높인 때가 전성기가 될 것이고, 연예인, 가수는 잘 나가고 유명해져서, 많은 사람들이 인정해줄 때가 전성기 시즌이 되는 것이다. 사람마다 전성기의 기준은 다를 수가 있다.

그러면 나의 인생의 전성기는 언제인가? 조건을 달면 답이 달라질 수도 있겠다. 신체적인 전성기, 직업적인 전성기, 성기능의 전성기 등. 그러나 인생의 전성기는 '바로 지금!'이다.

'전성기'를 영어로는 '헤이데이 – Heyday'라고 한다.

'헤이데이 – Heyday'라는 유쾌한 중년을 위한 헬스&라이프 스타일 매거진이 있다. 중년들이 관심가질 만한 문화정보, 생활 정보, 이벤트 등의 유용한 소식으로 인기가 있다. 표지 모델이 보통은 중년의 유명인사들인데, 잡지의 첫 꼭지에는 항상 이들의 인터뷰기사가 실린다. 인터뷰 말미의 질문은 '당신의 인생의 전성기는 언제인가요?'인데, 재미있는 것은 남녀를 불문하고 이들의 공통된 대답은 '바로 지금!'이다.

대답하는 그들 모두 망설임이 없다. 지금 오늘 여기가 내 인생의 전성기라고.

혜민스님은 우리가 길을 가다가, 운전 중에, 일을 하다가 순간순간 화가 나거나 기분이 좋지 않을 때가 있지만, 그 순간이 우리의 인생에 얼마나 중요한지를 안다면, 그 순간을 더욱 행복하게, 슬기롭게 보낼 수 있다고 했다.

'순간순간 사랑하고, 순간순간 행복하세요. 그 순간이 모여 당신의 인생이 됩니다.'

진료실에서 다양한 '픽업 아티스트'를 만난다. 자칭 성적(性的)으로 전성기라고 하시는 60세 남성이 작년보다 더 젊은 청년 모습으로 들어서신다. 수술하고선 인생이 '전성기 그 자체!'라고 하신다. 외래를 통해 10년을 알고지낸 분인데, 어제도 심야 이태원에 다녀오셨단다. 오늘은, 다른 건 다 전성기인데 머리숱이 전성기를 지났다고, 이거 좀 해결하자고 계속 조르신다.

카사노바도 '신체적인 전성기', '직업적인 전성기', '성기능의 전성기' 모두 다 우여곡절(迂餘曲折)이 많았답니다.

제 2 장

左衝右突 오르가즘

좌 충 우 돌

육십청년

나이가 들어가는 것

50대가 되면 몸도 마음도 이젠 중년이려니 생각한다. 도대체 언제부터 중년이고, 언제부터 노인인가?

우리나라의 경우 법으로 정해진 바는 없지만 노인복지법에 '65세 이상'에게 경로우대하는 조항이 있고 국민연금이나 기초연금 수급연령이 65세이다 보니 복지혜택을 기준으로 만65세 이상을 보통 노인으로 생각한다. 즉, 인구 사회학적 관점으로 복지혜택을 받는 65세가 노인의 기준이다. 하지만 점차 노인 스스로 더 젊다고 생각하는 사람이 많아지고 있다.

UN이 1956년 65세부터 노인이라고 지칭한 이래 이는 특정국가의 노령화를 가늠하는 척도로 쓰였다. 하지만 이러한 UN도 2015년 새로운 연령기준을 제안했다. 인류의 체질과 평균수명 등을 고려해 〈생애주기〉를 5단계로 나눈 것이다. 이 기준에 따르면

0~17세는 '미성년자',

18~65세는 '청년',

66~79세는 '중년',

80~99세 '노년',

100세 이후는 '장수노인'이다.

이 기준대로라면 우리나라 65세 노인은 청년, 66세부터는 중년, 80세 이상을 노년으로 분류하게 된다. 필자는 한참 청년가도를 달리고 있다.

힘차게 외쳐본다. '나는 청년이다!'

출산율이 떨어졌다고 비상사태라지만 당분간 걱정이 없겠다. UN이 도와 청년층이 늘어나서. 하지만 숫자로 본 나이의 의미는 성의학자에겐 큰 의미가 없다.

가와기타 요시노리 〈중년수업(中年修業)〉에 '늙어가는 것'과 '나이들어 가는 것'에 대한 비교설명이 있다. 생물학적으로 나이를 먹는 과정이 늙어가는 것이다. 이에 비해 나이가 들어가는 것은 젊은이에게는 없는 것이 생겨나는 것을 말한다.

사람을 다루는 법, 관계를 보는 눈, 풍부하고 다채로운 경험, 세월이 가르쳐준 직감, 욕망을 조절할 수 있는 지혜 등이 나이든 사람에게는 생겨나는 것이다. '청년 필자'가 나이가 든다는 멋진 말에 공감이 가는 이 부분을 읽다가 문득 엉뚱한 생각을 해 보았다.

나이 들며 성적(性的)으로 생겨나는 새로운 것은 무얼까? '성상대를 다루는 법', '성관계의 깊은 의미', '풍부하고 다채로운 성경험', '세월이 가르쳐준 성감', '오르가즘을 조절할 수 있는 지혜' 이런 것이 아닐까?

늙어가는 것: 생물학적 나이를 먹는 과정

나이들어 가는 것: 젊은이에게는 없는 것이 생겨나는 것

1. 사람 다루는 법

2. 관계를 보는 눈

3. 풍부하고 다채로운 경험

4. 세월이 가르쳐준 직감

5. 욕망을 조절할 수 있는 지혜

성적(性的)으로 나이가 든다는 것

1. 성상대를 다루는 법

2. 성관계의 깊은 의미 깨닫기

3. 풍부하고 다채로운 성경험

4. 세월이 가르쳐준 성감

5. 오르가즘을 조절할 수 있는 지혜

임상의사를 30년 하면 머릿속에 환자의 나이가 이렇게 다가온다.

〈달력나이〉는 출생 이후의 산술적 나이다. 의무기록에 적는 age/sex.

〈사회적 나이〉는 미혼, 기혼, 이혼, 재혼 등 사회적 요구에 대한 개인적인 돌파 내용이다.

〈신체적 나이〉는 컴퓨터 단층촬영에서 보이는 큰 혈관, 작은 혈관의 동맥경화와 임상병리검사 결과에 나타나는 속이 들여다보이는 나이이다.

〈자각적 나이〉는 주관적 나이로, 자신을 돌아보고 '어디쯤 왔나' 하는 나이인데 보통 달력 나이의 15년을 감해서 느끼고들 있다. 백세시대가 되었다

고, 이제는 다들 나이에 0.8을 곱한다는 참고문헌들을 알고 있는 듯하다. 60대는 40대 중반으로 생각하고 행동하고 술을 마신다.

〈심리적 나이〉는 '나잇값'이라고 해야할지, 정신적인 성숙도가 평가된다.

순간순간이 중요하다고 혜민스님이 일러주셨다.

'순간순간 사랑하고, 순간순간 행복하세요. 그 순간들이 모여 당신의 인생이 됩니다.'

오르가즘도 그러하다. 〈앙코르 오르가즘!〉

UN이 또 언제 맘 변할지 모른다.

오늘 이곳에서 행복해지는 것,

그것이 나이 들어가는 내가 해야 할 일이다.

'폴 맥긴리' 유럽 라이더스 골프단장의 인터뷰 기사에서 서양사람 답지 않은 인생관을 이야기해서 깊이 가슴에 와닿는다. 진짜 부자는 '자기 자신과 세상에 대해 평안을 가진 사람이며, 자신이 아닌 다른 누군가가 되려 하지 않는 사람'이다. 현재의 자기 자신이 대단히 행복하다고 생각하는 사람이며 자신을 행복하게 만드는 시야로 세상을 관조한다. 나는 다른 사람들이 나에게 어떻게 살아야 한다는 말에 휘둘리지 않는다. 이것이 나에게는 열반과 같은 것이라고 생각한다.

'나이들어 가는 것'은 젊은이에게는 없는 것이 생겨나는 것을 말한다고 했다. 욕망을 조절할 수 있는 지혜를 가져야 성적(性的)으로 나이가 든다는 것이다.

성의학의 또하나의 격언이 〈知足可樂: 知足常乐, 지족상락〉이다. 만족(滿足)함을 알면 가히 즐거울 것이요!, 만족함을 알면 항상 즐겁다.

죽더라도

성(性)이 도(道) 였구나!

〈시아버지의 팔순잔치〉라는 고전 유머가 있다.

며느리 셋이 절을 올리며 각각 한마디씩 덕담을 올렸다. 먼저 큰 며느리가
말했다.

"아버님, 자라처럼 사세요."

시아버지가 물었다.

"그게 무슨 뜻이냐?"

큰 며느리가 대답했다.

"자라는 수백 년을 산다고 들었습니다."

시아버지는 크게 만족했다.

다음 둘째며느리가 말했다.

"아버님, 용처럼 사세요."

시아버지가 물었다.

"그게 무슨 뜻이냐?"

둘째 며느리가 대답했다.

"용은 수천 년을 산다고 들었습니다."

시아버지는 더욱더 만족했다.

"네가 효부로구나."

마지막으로 막내며느리가 말했다.

"아버님, 비뇨기과와 같이 사세요."

시아버지는 화를 벌컥 냈다.

"네가 날 희롱하느냐?"

그러자 막내 며느리가 태연히 대꾸했다.

"아버님!, 비뇨기과에서는 죽은 것도 다시 살려낸다지 않습네까?"

그 말에 시아버지는 너무 기뻐 소리쳤다.

"너야말로 진정한 효부이다 !"

의료계에 파다한 〈격언〉이 만들어졌다.

⁂

"비뇨기과는 Defibrillator(제세동기)*와 같다!"

⁂

56세 K씨는 젊어서부터 성기능에 대해 고민하였다며 비뇨기과의 문을 두드렸다. 성기능 검사에서 수술적인 재활밖에는 방법이 없는 혈관의 기능장애에 의한 발기부전환자로 판명이 되어 수술준비를 하던 중에 우연히 간기능 이상이 발견되어 정밀검사 끝에 다행히 초기에 발견된 수술 가능한 간암으로 진단되었다.

당연히 비뇨기과에서는 외과에 수술을 의뢰하였는데 K씨가 이를 거부하

---

* (의학) 세동제거기[제세동기], 심장 박동을 정상화시키기 위해 전기 충격을 가하는 데 쓰는 의료 장비. 심폐소생술에 심정지상태를 충격요법으로 돌이키는데 사용.

였다. 이유인즉, 평생 성기능 문제로 부부지간에 당한 고통을 생각하면 암으로 죽든 말든 성기능을 회복한 연후에 생각할 일이라는 것이다. 그리고 부인에게 받은 설움을 토로하며 눈물짓는 환자를 보며 놀라지 않을 수 없었다.

목숨을 건 환자의 비장함에 비뇨기과 의료진은 놀라, 설득 끝에 간암에 대한 외과 간절제 수술과 음경보형물삽입수술을 동시에 진행하고 중환자실로 옮겼다. 수술하던 날, 수술실 인원 모두 화젯거리 삼고 뒷이야기가 무성하였지만 담당의로서 면담과정에서 느꼈던 감정은 참으로 복잡했다.

이후에도 간암 환자들의 보형물 수술이 연달아 이루어졌는데 만성적인 간질환에 대한 장기간의 병치례, 그리고 간암에 대한 수술과 오랜 시간 병간호에 같이해준 배우자와의 성생활의 공백에 대한 미안함에 꼭 말년에 수술적인 성기능치료를 해야겠다는 환자의 사연이 기억에 남는다.

최근에는 간이식 환자들이 늘어나면서 기능이 회복되는 경우도 있지만, 동반된 대사증후군 때문에 성기능장애에 대한 치료가 필요하게 되어 상담사례가 많아진다.

이제 성기능장애의 치료는 오리지널 비아그라 시대를 지나 '복제약 시대'가 되어, 이전보다 쉽게 발기부전 치료제의 처방을 한다. 경구약제가 치료제로서 널리 처방되면서 병원에 와서 성상담하는 의식도 높아졌다.

진료실을 찾는 중년 남성 환자들을 통해 느낄 수 있는 것은 '남성에게는 음경의 발기현상이야말로 건강의 바로미터(척도)!'라는 절실한 생각이다. 이는 그만큼 사람에게 내재된 질병(동맥경화, 고혈압, 당뇨, 만성 간질환 등), 마음의 병(우울증, 심한 정신적 충격 등), 잘못된 생활습관(과음, 담배 등) 모두가 인간의 성기능 장애요인이 될 수 있다는 인식을 높였다. 이미 일회성 약물복용보다 안전성과 효과에서 뛰어난 저용량 발기부전제의 매일복용이 10년 이상 일반화되었다. 이제는 식약청 허가사항으로 전립선약으로도 적용되어 처방되면서, 성건강은 자신이 조절가능한 건강지표들과 생활의 습관을 개선하는 노력을 함께해야 치료성과에 조화를 이룰 수 있다는 치료개념을 받아들이게 되었다.

생활습관을 바꾸고, 운동하면서 혈압약을 복용하듯이, 아니면 대사증후군에 대한 관리와 생활습관을 돌아보면서 작은 알약을 매일 비타민처럼 먹는 것만으로도 성기능은 근본적인 치료가 가능한 시대가 된 것이다.

먹는 알약의 원조 〈비아그라〉가 그러하듯 이 모든 약들이 협심증을 완화하는 심장약이요, 혈류개선제인데 소용량으로 복용하면서는 얼굴이 후끈 달아오르는 등의 부작용 또한 많이 줄어들었다.

꾸준히 장기간 복용한 환자들이 웃음띤 얼굴로 '먹은 날과 안먹은 날이 차이가 난다'고들 하신다.

다음 진료를 약속하고 배웅을 하면서 필자가 꼭 전해드리는 광고 카피가 있다.

"드신 날과 안 드신 날의 차이를 느껴보세요!"

〈죽도록 사랑한다〉는 말을 실감나게 하는 실화가 있다. "내 나이 일흔 셋 그녀를 만났다. 너무나 사랑스러운 그녀…" 이렇게 시작되는 박진표 감독의 영화 '죽어도 좋아'는 70대 실제 노부부의 대담한 성묘사로 장안에 화제가 된 적이 있다. 일흔 넘은 할아버지 할머니가 첫눈에 반해서 동거에 들어가고 격렬한 사랑을 나누는 자극적 제목의 영화는 두 차례 제한등급 판정을 받았으나, 뒤늦게 일반상영 기회를 얻어 개봉됐다.

　실제로 복지관에서 인연을 맺고 70대에 부부가 되었다. 노부부는 인터뷰에서 "나이가 들었다고 사랑에 우물쭈물하지 말라"는 말을 한 적이 있는데 말 그대로 영화는 낯 뜨거운 장면의 연속이었고, '망측하다'는 감상도 많았지만 영화 속 노부부의 사랑은 갈수록 진한 감동으로 번졌다. 신혼부부처럼 서로 목욕을 시켜주고, 작은 일로 삐지고 화해하는 아름다운 일상들이 반복되는 것이 '중년의 사랑과 건강'을 환호하게 하였다.

　공자께서 말했다.

❖

"아침에 도를 듣고 깨우쳤다면 저녁에 죽어도 좋다."

(子曰 朝聞道 夕死可矣)

－ 논어. 이인 제8장

❖

　사람의 도리를 알고 사람 같이 살라는 말씀이다. 하루를 살더라도 참된 이치를 깨달고 바르게 산다면 당장 죽어도 여한이 없다는 것이다. 100년을 살아도 인도를 벗어난 삶이면 죽은 것이나 다름없다.

　아! 성(性)이 도(道) 였구나!

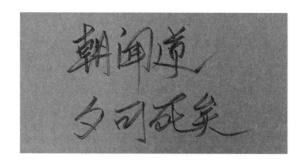

백년인생

인생의 반환점

　예과 2학년 때 철학개론을 강의하신 김형석 교수는 이제 백세를 바라보시는 나이에 〈백년을 살아보니〉의 저자로 유명하시다. 김 교수님 말씀은 '인생의 황금기는 60세부터 75세까지라고 믿고 있어요. 요사이도 60분 정도 강연은 「서서」 합니다. 우리 사회에는 너무 일찍 성장을 포기하는 〈늙은 젊은이〉들이 너무 많아요.'

　직업의식이 발동하여 60분간 발기되어 있다는 말씀으로 알아듣고 순간 내 입꼬리가 올라갔다. 실은 김 교수님이 우리 학년에 인기가 많았던 교수님은 아니셨다. 왜냐하면 그 때는 강의실에서 50분 동안 의자에 앉아서 강의하시는 유일한 노교수이셨기 때문이다.

　"제가 20년 넘게 병중에 있던 아내를 떠나보냈어요. 혼자 지낸다는 걸 아는 제자가 많아요. 제자도 80이 넘었으니 이제 친구예요. 교정 봐주시고 지방 갈 때 운전도 해주시는 분이 있는데, 어떤 제자가 보고 묻는 겁니다. 누구시냐고. 제가 그때 머리가 빨리 돌았으면 '내 여자 친구다!' 했을 텐데 그만 차가 출발해버렸어요. 그랬다면 제자가 야, 우리 선생님 최고라며 여기저기

자랑할 텐데 제가 찬스를 놓쳤어요. 하하하."

예과 때 느낀 교수님께서 성숙하신 느낌이다.

40대에 '버킷리스트(Bucket List): 遺愿清单'를 생각해 보신 적 있나요?

필자는 40대에 접어들면서 동창들을 만나면 묻고 다닌 질문이 있다. "넌 인생 반환점 돌았다고 생각하고 사니?" 아직 부모님을 여의기 전인 친구들이 많을 때라 보통 친구들의 답은 이렇다. "싱겁게 왜 그래. 술이나 한잔 해."

하지만 여러 해 동안 중년 인생 환자들의 후반부를 보면서 느낀 바가 많은 필자는 항상 이렇게 답했다. "난 반환점 돌았다고 생각하고 살기로 했어."

지금도 마찬가지다.

'난 확실히 인생의 반환점을 돌았다!'

시간과 거리가 정해진 바가 하나도 없는 삶이기에 다들 확실히 계산되지 않는 미래를 말하기 싫어한다. 필자는 항상 인생의 선생님이 되어주신 환자들께 감사한다. 물론 인생은 하나의 평면에서 속도를 경쟁하며 달려가는 단순한 마라톤은 아니다.

톨스토이의 〈사람에게는 얼마만큼의 땅이 필요한가?〉에서처럼, 있는 힘껏 달려가서 해저물기 직전에 도착해서 헉헉 거리다가 고꾸라져서 주인공이 묻힌 땅은 단 '6피트 땅'일 뿐이다.

레지던트 수련기간 90년대 초반, '환자 나이가 70세 이상'이면 지도교수님은 진단과 치료에 적극적이지 않으셨고 가족들도 충분히 고령을 고려해서 모든 병세의 진행에 대해 상의하곤 했다. 의료윤리적인 면에서도 충분히 받아들여지던 시대였다.

그러던 것이 지금 세상에 70세의 환자에게 연령을 고려한 진단 치료의 조정을 한다고 하면 다들 받아들이기 힘들 것 같다.

〈백년을 살아보니〉의 김형석 교수님 가라사대 '인생70 고래희: 人生七十古來稀'가 아니라 '인생70 황금기: 人生七十黃金期'가 되었나니!

세상은 변해간다.

재혼을 앞둔 70, 80대 환자들의 성기능 때문에 진지한 상담을 하는 시절이다. 비뇨기과 진료실을 찾는 황금기 중년의 소변증상은 성기능과 비례한다.

남자는 사정액의 우윳빛 액을 만들어 내는 생식샘인 전립선이 방광에서 소변이 배출되는 요도시작 부위를 둘러싸고 있다. 고환에서 만들어진 정충과 점도가 높은 정낭액이 전립선을 관통하는 사정관으로 배출된다.

평생 정액을 만들어내는 생식샘은 당연히 남성호르몬에 의해 기능이 좌우되는데 남성호르몬의 원산지 고환은 노화에 의해 기능이 서서히 감퇴된다. 노화과정으로 이 전립선의 세포들이 증식되어 전체적인 크기가 커지는 현상을 〈전립선 비대증〉이라고 한다. 이는 집안의 가족력도 영향이 있고 연령이 증가하면서 고환에서 생산되는 남성호르몬의 양이 줄어들면서 남성호르몬 전환효소의 활성도 증가로, 내분비계의 균형이 깨져서 크기의 변화가 오는 것이다.

전립선이 이렇게 남성호르몬에 의존한 생식샘이기 때문에 진행된 전립선암 환자에서 고환을 거세하는 방법이 치료법으로 적용되는 것이다. 과거에는 수술적으로 고환을 거세하는 경우가 많았지만 이제는 일반인들도 잘 아는 남성호르몬 생성 내분비축을 차단하는 주사제로 〈화학적 거세방법〉을 사용한다.

그런데 소변증상과 전립선의 크기가 꼭 비례하는 것도 아니다. 크기가 아주 커져도 건강한 방광기능으로 소변 배출에 크게 무리가 없는 남성도 있지만, 크기는 정상인데 비대해지는 모양이 비대칭이거나 방광 안으로 밀고 올라간 부분이 심한 배뇨증상을 일으켜 수술하게 되는 경우도 있다.

일반적으로 느끼는 전립선 증상은 시원하지 않고, 자주 보고, 줄기가 시원하지 않은 것이지만 당뇨와 같은 대사 증후군과 뇌졸중, 파킨슨병 같은 신경장애의 경우는 방광의 기능이 작아지는 변화를 초래해서 느끼는 〈방광증상〉이다. 수십 년에 걸쳐 진행된 방광 근육, 배뇨근의 변화는 상황에 적응해서 자주 보고, 급해지고, 밤에 깨어나 소변을 보게 되는 증상의 진행이 일어나게 된다.

50대에 접어들면서 인생의 반환점을 돈 동창들과 어울려 술 한잔 하면 어김없이 비뇨기과 의사에게 질문이 마구 던져진다. '시원치 않다', '강직도가 떨어진다', '너무 빨라진다' 등등.

대충 문진을 해보아도 반수이상이 약물치료 이상의 치료가 필요한 배뇨장애 환자여서 간단한 배뇨생리를 설명하고, 40대 후반부터 잔뇨감을 개선하는 약을 먹고 있는 필자의 성공사례를 전파한다. 하지만 실제로 아무리 친한 친구라 해도 소변증상이나 성기능으로 진료실의 문턱을 넘어오기가 쉽지는 않다. 판단하건대, 그들 모두 '아직 나는 반환점을 돌지 않았다'고 생각하기 때문인 것 같다.

그래서 동년배 친구들에서 발생하는 전립선암의 예를 들고, 친구들을 생각하는 깊은 마음에서 50대부터 신경써야 할 전립선암 혈액 검사(PSA: 혈청 전립선 특이항원 검사)부터 해보도록 권해본다.

처음 의사수련 시절에, 지도교수께서 가르쳐주시지 않은 아쉬운 부분이 있다. 어쩔 수 없이 혼자서 나름대로의 임상경험으로 비뇨기과 의사로 가보지 않은 길이 초고령사회 환자들과 진료실에서의 만남이다. 70~80대의 나이에 20~30대의 건강을 기대하는 것은 무리한 일이지만, 80~90대에 친구들은 다 하고 다니는 기저귀를 본인은 떨쳐내고 활보할 수 있는 것이 건강한 삶이다.

고령환자들의 처방전을 들여다보면 한숨이 나온다.

30년을 약을 써보니, 젊은 시절 의사는 질병 하나에 한 가지씩, 좀 과장하면 스무개의 약을 쓰면서 처방을 시작한다. 안되면 단칼에 외과적인 수술로 만능인 자신의 수술 기술을 보여주고도 싶다.

중년의 의사는 스무 개의 질병에 하나의 약을 쓴다. '처방전 다이어트'라고나 할까보다. 이제는 '약 없이 경과를 보자'고 환자를 설득하게도 된다.

그리고선 '제가 해드릴 수 있는 것보다 본인이 해주셔야 할 것들이 훨씬 많아요!'라고 당부를 드리는 게 의사가 할 가장 중요한 인사말임을 깨닫는다.

카피라이터 글쓰기 책에서 배운 '처방전에 대한 격언'이 있다.

빼는 것이 더하는 길이다!

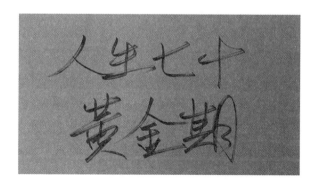

우리끼리

말 못할 괴물(unspeakable monster)

'우리끼리 이야기지만' 이렇게 시작하는 대화는 흥미진진하다.

엄숙한 표정의 65세 환자가 2년 간, 두 명의 여인을 함께하고 계시다고 하면서, '한 분하고는 약 없이', 다른 분하고는 2배 용량도 효과가 안 되는 상황을 어떻게 해결할지 물어오셨다. 노력해도 안 되는 불안장애의 경우 먹는 약의 복용방법과 종류를 바꾸면 가능한 경우가 많지만, 간혹 2차적인 주사요법까지 쓰게 되는 경우가 있다. 자신의 '몸'이 '맘'대로 되지 않을 때 얼마나 답답하실까?

포피가 뒤로 젖혀지질 않아서 포경수술을 해야 할 젊은이들이 억지로 성관계를 하고서 음경이 감돈포경*이 되어 둘러 싸매고 찾아오는 경우가 많다. 엄청난 마찰로 피부염이 생겨서 포경수술을 해야겠다고 설명하는데, 반복해

---

* 감돈포경(嵌頓包莖) paraphimosis: 포피가 귀두를 완전히 덮어서 젖혀지지 않는 상황을 '포경'이라고 하며, 포경으로 인해 생기는 후유증이 감돈포경이다. 잘 젖혀지지 않는 포경 상태에서 수면발기나 성적인 자극 상황에서 뒤로 젖혀지면 혈액순환이 되지 않아 붓게 되고 다시 포피를 원위치로 돌리지 못하는 상황이 되는데 이를 '감돈포경'이라고 한다.

서 방문하는 젊은이들에게는 성관계와 연관되어 발생할 수 있다고 하면 굳이 부정한다. '자위행위'만 했다고. 60대 중년 이후에 갱년기와 동반된 포피 약화로 피부염이 반복되는 분들도 성관계를 부인하지만, 나중에 '자위행위'는 한다고 하신다. '중년의 성'이 활발해졌다는 반증이기도 하다.

사실 진료실에서 성적인 자극, 성관계 등의 사적인 이야기는 꺼내기 힘들다. 더욱이 그 행동과 연관된 좋지 않은 결과를 치료하고자 하면 치료가 지연되더라도 민감한 부분은 '부정'부터 한다.

아마도 남자아이들이 어렸을 때, '포경수술'과 관련된 각종 '설(說)'을 안 들어 본 사람이 없을게다. 멋진 수술결과를 얻으려면 적절한 디자인이 가능한 음경크기가 될 때까지 기다리는 게 바람직하고, 만약 포피를 억지로 벗기면 통증도 심하고 상처가 깨끗하지 않아서, 초등학생들에게는 잘 시행하지 않는다.

간혹, 이차성징이 뚜렷한 성숙한 학생들은 할 수도 있다. 지난 겨울 성숙한 초등졸업생을 수술하면서, 3형제인 필자의 집안은, 형제들 모두 중 1~2 때 같은 병원에서 수술을 받았는데, 필자만 아침에 수술하고 나서 오후에 계속 피가 흥건하게 고여서 마취도 안하고 오후에 두 번째 수술을 했던 에피소드를 이야기해 주었다. 그런 '한이 맺혀' 비뇨기과의사가 되었노라고 큰소리를 쳤다. 이야기를 풀어나가는 중에 이미 수술은 끝났고, 일부 포피가 붙어서 약간 불편했을 상황인데도 엄청난 체격의 예비 중학생은 툭툭 털고 일어나며 '하나도 아프지 않았다!'고 한다.

옷 갈아입고 인사를 하면서 '저도 아들 낳으면, 이 병원에서 수술시켜야겠어요!' 너스레를 떤다. 조금 있으면 무지 아플텐데. 그리고 진료실에 와서 한참 웃었다. 그 아들이 와서 수술할 때를 그려보면서.

세상살이에 대한 정신적인 위로는 '우리가 잘못 알고 있는 것'을 바로 잡아가며 이루어진다고 할 수 있다. 그러면 성적(性的)인 위로는 자신만의 극단적이고 잘못 알고 있는 성지식을 바로잡아 성생활의 건강을 되찾고 위로 받는 것이 아닐까 한다.

옛날이야기다. 과거에 5남매를 키웠던 부모가 딸 넷을 보고 막내가 아들이라면 그 아들을 키우는 분위기가 어떠했을지 상상이 간다. 삼십이 된 아들이 비뇨기과 진료실에 가족 여러 명을 대동하고 상담을 받으러 왔다.

아이들이 어렸을 적, 한참 나이 차이가 나는 큰누나가 막내를 업고 키웠다고 한다. 그러던 어느 날 대청마루에서 포대기를 풀다가 막내 동생이 마루 바닥에 떨어진 적이 있단다. 이 막내 동생이 자라서 청소년기가 되었는데 아버지에게 자신은 성기가 왜 아랫방향으로 휘어져 있는지 고민이라고 물어왔다. 그런데, 이때 병원에 가서 상담한 것이 아니고 가족 중 누군가가 좋은 기억력으로 끄집어낸 기억 속에 어렸을 적 포대기를 풀다가 동생을 떨어뜨린 큰 딸에게로 화살이 돌려졌다.

이를 어쩌나. 그 이후론 막내아들을 성불구로 만든 큰딸은 집안의 죄인으로 낙인찍혀 10여 년을 살아왔는데… 어느 의학 칼럼의 음경만곡증에 대한 내용을 보고 아들의 문제가 혹시는 질병일 수도 있다는 생각에 온 집안 식구가 비뇨기과 진료실을 찾게 되었다.

특히, 아랫방향으로 굽어진 선천성 음경만곡증의 경우 성기발육이 끝나고 발기된 음경에 대한 모양에 관심을 가지는 청소년기에 주로 발견되어, 고민하다가 나중에 병원을 찾는 경우가 많다. 이는 선천적으로 전체 음경이 형성되는 과정 중 요도해면체가 음경해면체에 비해 발생이 부족하여 충분한 스펀지 조직이 생기지 못하여 발기각도가 아래쪽으로 당겨지는 발육부전인 경우가 대부분이다. 쉽게 말하면 보통의 음경보다 좀 납작한 모양이다.

간단한 검사 후에 동반 가족들 앞에서 설명을 하는데 진료실 바닥에 철퍼덕 주저앉아 울기 시작하는 사람이 있다. 큰딸이다. 결국 환자인 막내아들과 둘이 면담하다가 이러한 가족사를 듣게 되었고, 큰누나는 포대기 누명을

벗었을 것이라고 추측은 되지만 10여 년 집안의 보물과 같은 막내 동생을 성불구로 만들었다는 큰 누나의 젊은 날의 상처는 무엇으로 위로해 줄 수 있을까?

막내아들의 음경만곡증은 수술적인 교정으로 정상적인 음경모양을 회복하게 되었으나 수술과정에서, 그리고 수술 후에 만나본 가족들의 표정이 무겁게만 느껴졌던 것으로 미루어 그 가족 구성원의 감정 매듭풀기가 쉽지 않았으리란 짐작만 할 뿐이다.

성의학자들은 성적인 고민을 말 못할 괴물(unspeakable monster)라고 표현한다. 성기능에 대한 면담을 하다가 환자들이 앞에서 내려놓는 고민과 아픔의 무게가 감당하기 힘들 때가 많다. 너무 오랜 시간, 누구에게도 드러내기 힘들었던 '말 못할 괴물'이 간단한 상담만으로도 해결 될 수 있었던 것이라면 너무 안타깝다.

초등학교 중학교 시절 우연한 몽정이나, 이부자리에 엎드린 채 약간의 성적인 자극으로 처음 사정을 경험하는 청소년들 가운데는 흥분고조기에 사정하기 직전의 '곧 사정할 것 같은 느낌(누정)의 당황스러움' 때문에 발기된 음경에 물리적 힘을 가하게 되는 경우가 있다.

주로 귀두 끝을 막는다거나 음경을 심한 압력으로 손으로 쥐면서 본의 아니게 지나친 물리적인 힘을 가하게 되어 역시 음경해면체나 요도에 손상을 입는 환자들이 오랜 시간 후에 생각하지 못한 결과를 가져오게 된다.

음경손상을 받은 경우, 급성손상의 경우에는 발기음경의 백막파열에 의한 피하혈종과 부종 등이 생겨 시퍼렇게 퉁퉁 부어오르기 때문에 눈에 보이는 증상이 나타나므로 병원에 내원하여 수술적으로 치료하면 큰 후유증 없이 발기력을 회복할 수 있다. 반면에, 미세한 손상의 경우는 약간의 통증만 동반되기 때문에 반복적인 경험을 하게 되는 경우가 있다. 동반된 성기능장애라도 생기면, 이는 형제끼리도 친구에게도 '말하기 힘든 괴물'로 어깨에 짊어지고 살아간다.

처음 자위행위를 시작할 때, 우연히 엎드린 상태로 음경을 바닥에 비비면서 자위행위를 하는 경우가 있다. 이런 경험이 오래될수록 만성적 손상으로 동맥성 발기부전이나, 백막손상, 음경해면체의 팽창력이 감소하여 발생된 정맥성 발기부전 환자가 될 수 있다.

필자는 불완전발기상태에서 방바닥이나 기구에 문지르면서 자위행위를 하거나 대퇴부 사이에 음경을 비비면서 압력을 가하거나, 불안한 심리상태에서 자위행위를 하면서 급격하게 팽창하는 음경의 강직도에 당황하여 과격한 힘을 가하여 손상을 받은 환자를 조사하였다. 이 중 50례에서 혈류역학검사를 통해 발기부전으로 진단되어 대한비뇨기과학회지에 발표한 바 있다.

이런 병력을 성상담에서 알아내기란 무척 어려운 데, 평생 말 못할 괴물(unspeakable monster)을 안고 온 환자들이 모든 검사가 끝나고 원인을 알 수 없는 젊은 나이의 '원발성 발기부전'으로 진단되고 나서도 감추는 경우가 있다.

남성과학을 전공하여 성상담에도 열을 올리던 연구강사 시절, 지도교수

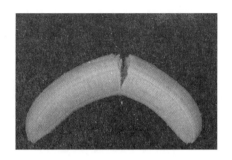

에게 '신혼의 발기부전'으로 진료 신청하여 몇 개월을 상담한 선배 내과의사가 있다. 어렵게 말을 꺼낸 선배의 자신이 10여 년 동안의 과격한 마찰을 이용한 자위행위를 해왔다는 고백을 듣고, 적잖은 충격을 받았다. 이후론 성기능에 대한 상담을 하면서 조심스럽게 성적(性的) 발달과 성적(性的) 자극의 경험을 충분한 시간 상담하는 시간을 가지면서 환자의 진단에 큰 도움을 받았다. 성학회의 참고문헌을 통해, 보고된 성기능장애와 실험적 가설을 확인하고부터는 2～3년간의 강사시절에도 젊은 나이의 '원발성 발기부전'으로 진단되는 수십 명의 환자들의 말 못할 괴물(unspeakable monster)을 상담하면서 공감하고 내려놓고 치료의 지름길을 찾게 되었다.

그 당시, 1994년 12월, 미국에서는 클린턴 대통령이 Surgeon General(공중위생국장관)을 전격 해임하는 일이 발생했다. '공중위생국장관'은 미국에서 최고위치의 의사로서 국민의 보건행정에 대한 중요결정을 담당하는 역할을 하는 직책으로 20세기 동안 미국의 국민보건에 관하여 예방접종, 담배의 위해성 등 미국의 보건행정에서 역사적 사업에 기여한 바 큰 것으로 유명하다. 이런 직책의 의사가 해임된 일은 세계적으로도 큰 관심거리였고 게다가 해임 이유가 '인간의 자위행위에 대한 언급' 때문이었던 것이 두고두고 이야깃거리가 되었다. 화제의 인물 Joycelin Elders는 낙태, 동성애문제, 콘돔사용 등 이전의 공중위생국장관보다는 논쟁이 심한 사회문제들을 많이 다루어 관심을 끌기도 했는데 1994년 12월 AIDS의 날을 맞아 UN에서 연설을 통해 "자위행위는 인간의 성(性)의 일부이며 아마도 '배워야 할 대상'이다."라고 하였는데 이것이 해임사건의 발단이 된 것이다.

성이 개방되었다는 미국에서 자위행위에 대한 공적이고 진보적인 발언이 이런 결과를 가져온 데는 사회문화적 배경도 복잡하게 얽혀있기 때문에 그 내용을 다 언급할 수는 없다.

하지만, 성기능장애 치료와 상담을 경험하며 25년이 지난 지금, 인격형성에도 영향을 줄 수 있는 의미를 가진다는 Elders의 주장이 과연 공중위생국장관에서 해임당할 만한 발언은 아니었던 것 같다.

21세기 Surgeon General(공중위생국장관) 정도 되면 '자위행위는 인간의 성(性)의 일부이며 반드시 올바르게 배워야 할 대상'이라고 해도 지나치지 않겠다.

정액의 양
정액의 맛

중년 이후의 환자를 많이 보는 비뇨기과에서는 외래진료 시간에 난청환자의 진료에 애를 먹는 경우가 종종 있다.

난청이신 86세 할아버지가 급해서 소변을 지리시게 되는 '급박뇨'와 '정액량의 감소'를 해결하시고자 접수를 하셨다. 전립선과 갱년기 검진에 동의를 하시고 검사하고 오늘 다시 오셨는데, 지난 번에도 비뇨기과를 들었다 놓으셨던 기억을 다시 되살려 주신다.

필자도 악을 썼다.

"할아버지 전립선은 아주 좋으시구요! ~~~"

"뭐라구??"

"어쨌든 다 좋구요. 남성호르몬만 많이 낮으시네요! 갱년기에요~~~"

"뭐라구??"

결국, 그냥 종이에 썼다.

〈갱년기! 약! 주사!〉 싸인펜으로 크고 굵게 써드렸다.

시원하신가 보다. "오케이!"를 외치시고 할아버지가 윙크까지 하신다. 나

가시면서 여자들은 검사를 어떻게 하냐고 물으신다. 또 한 번의 윙크와 함께!

'아! 비뇨기과 진료 힘들다. 혹시, 질문하신 여성은 연상이신가?'

종이에 쓰지 않고 속으로 생각만 해보았다.

비뇨기과 선임전공의가 되면 응급실을 통해 요로결석 환자들을 진료하고 난 후, 외래진료실에서 치료방법을 선택하고 치료결과를 판정하는 역할을 맡았다. 전공의 시절 고통 받던 많은 요로결석 환자들에 대해 치료종결 판정을 해드리고, 고통에서 해방되는 기쁨을 같이하는 보람된 진료시간이었다.

어느 날 왜소한 40대 초반의 결석환자가 결석의 성공적인 배출을 확인하고, 같이 동반한 부인과 함께 축하인사를 드리고 작별을 고하는데…

체격이 남편보다 훨씬 우람하신 부인이, 물어볼 것이 있다고 하시면서 '정액의 양이 성관계를 자주해서 감소하는 것 말고 다른 원인이 무엇이 있나?' 하는 것이다. 결석환자 보호자가 갑자기 정액의 양을 물어보는 것이 무슨 까닭인지 알 수도 없고 부부 사이에 무슨 일이 있는지도 알 길이 없는지라, 필자로서는 원론적인 이야기를 할 수밖에.

'글쎄요, 남성에서 한 번 사정할 때 구성되는 분비액이 전립선, 정낭액인데 그것이 꼭 사정 횟수만이 영향을 주는 것이 아니라 그때그때의 신체적 상황에 따라 변동이 있을 수 있다고 사료됩니다.' 뭐, 이런 설명을 두리뭉실하게 해드리는데, 점점 분위기가 험악해진다. 톤이 한 옥타브 올라간 부인이 "내가 15년을 해봐서 아는데, 우리 남편이 한번 사정을 하면 〈이게 몇 일치〉인지 정확히 알 수 있어요. 이번에 해보니까 1주일이 넘었는데 〈이틀 치〉밖에 안 나왔단 말이에욧!" 하고 소리를 지르는데, 소름이 돋는다.

이 상황을 슬기롭게 모면하기 위해, 살짝 부드러운 미소를 지으며 말씀드렸다. "이번에 결석 치료하고 여러 가지 신체적인 변화도 있으셨으니 남편께서 힘드셨겠죠." 나름 적절한 답변을 했다고 내심 만족하고 있는데, 자그마한 체격의 남편이 고개를 '푹' 숙이며 개미소리로 말을 꺼내는데,

"사실은…"

두 배만한 체격의 부인이 남편의 목덜미를 잡고 진료실 밖으로 나가시는데, 무슨 사연인지 어안이 벙벙하다!

〈몇 일치〉와 〈이틀 치〉를 감별하는 부인도 불가사의였지만, 애써 두둔해준 임상경험 일천한 선임전공의가 쳐드린 방어막을 거두고, 〈실은…〉이라고 고백한 남편의 사연이 25년 동안 궁금해 죽겠다!

가끔 정액량이 많은 환자가 전립선염 환자의 증상으로 나타나기도 하는데, 항상 그런 것도 아니어서 일단 갑자기 정액량의 변화가 있다면 반드시 진료를 받아야 한다. 정액의 색이나 점도가 성관계 빈도와 연관되어 변화가 나타나기도 하지만, 지속적인 변화를 보이거나 선홍색이나 벽돌색의 출혈을 보이는 경우도 반드시 비뇨기과 진료를 요한다.

비뇨기과 심포지움의 '무엇이든 물어보세요!' 시간에 정액의 맛에 대해 질문이 나와 관심을 끌었던 적이 있다. 비뇨기과 교과서에 정액의 구성성분에 대해서는 자세한 서술이 있지만 그 맛을 논한 경우는 드물어서 아마도 인터넷 검색과 질문답변 코너의 일반적인 내용을 일부 인용하여 진행되었다.

정보를 제공한 파트너에게서 얻은 정보들에 의하면 정액의 맛은 비릿한 단백질 맛으로 표현되는 경우가 많고, '사정을 하는 빈도와 관계가 있다'는 말을 흔하게 접한다. 사정을 오랜만에 하는 경우에는 밋밋하고, 사정을 자주 하는 경우에는 맛이 약간 쓰게 느껴진다는 의견이 있는데 사정빈도에 따른 정액의 조성 성분에 따른 차이로 추정하고 있다.

일부에서는 섭취한 음식에 따라 달라진다는 중복 답변들이 나타나는데, 채식 위주의 음식을 섭취하면 단맛이 나고, 육류위주의 단백질 음식을 섭취하면 쓴맛이 난다는 보고이다.

정액성분 중에 단백질이랑 염류가 적은 양이지만 쓴맛을 낸다. 식생활에 따라 다르다는 의견이 있는데, 언급한 대로 채식을 위주로 균형있게 식사하면 비릿함도 없고 냄새도 역하지 않은데, 육식 위주의 경우 비리고 역하다는 의견이 중복되기도 한다.

실제 정액의 성분은 80~90%가 물, 8~10%가 유기물질, 2~6%가 단백질, 1~2%가 염류, 0.2%가 지방 성분이다.

성분으로 맛을 유추하면, 대부분 물로 이루어져 있고, 정자의 비율은 고작 몇 퍼센트 미만이다. 그 외 구연산, 젖산, 아미노산, 아연, 마그네슘, 비타민 C 등 다양한 미네랄과 함께 심지어 포도당과 과당 등 당분도 들어 있다. 약간의 단백질도 포함된 것이어서 특별히 맛을 특정하기는 어렵다. 정액의 알칼리 성분은 약간 쓴맛을, 과당 성분은 단맛을 낸다고는 알려져 있다.

BBC는 TV 프로그램 〈음식의 진실(The Truth About Food)〉에서 세 쌍의 커플을 대상으로 식단 조절에 따른 정액 맛의 변화를 실험하기도 했는데, 세 여성 모두 인터뷰에서 상대의 정액 맛이 식단을 바꾸기 전과 달라졌다고 밝혔다. 하지만 구체적인 음식과 정액 성분 변화의 상관관계는 아쉽게도 아직 표준이 될 만한 정확한 연구 결과가 존재하지는 않는다.

정액의 성상은 연한 노란색이거나 흰색으로 밤꽃 냄새를 풍긴다. 정액은 고환에서 만들어지는 것은 정액의 극히 일부분에 불과한 정자일 뿐이고, 정낭액이 2/3, 전립선액이 1/3이고, 나머지 약간의 액체 성분이다. 한 번 사정할 때 나오는 정액의 양은 평균 2.5~5㎖ 정도이다. 정액의 양을 결정하는 것은 병적인 요인 말고도 사정의 횟수에 영향을 받는 경우가 많다.

정낭액 성분은 아미노산(amino acid), 구연산염(citrate), 플라빈(flavin), 과당(fructose), 포스포릴콜린(phosphocholine), 프로스타글란딘(prostaglandin), 단백질, 비타민C 등으로 정자에 영양을 공급하고 에너지원으로 작용한다.

전립선액 성분은 산성인산분해효소(prostaticacid phosphatase), 구연산(citrate), 스퍼민(spermin), 전립선특이항원(prostatic specific antigen) 이며, 밤꽃 냄새와 비슷한 정액의 냄새는 전립선에 들어 있는 스퍼민(spermin)이란 성분 때문이다. 스퍼민의 산성지수(pH)는 7.2~8.0 약알칼리성으로 여성 질의 산성도를 중화시키는 역할을 한다. 정자의 에너지원으로 쓰이는 과당이 있어 정액이 달지 않을까 생각하기 쉬운데, 양이 워낙 적어 단맛은 없고 알칼리성인 탓에 약간 비릿하고 씁쓸하다.

과당(fructose)이 정액의 성상에 포함된다는 지식을 이용한 인터넷 유머가 있다. 생물학 시간에 교수님께서 말씀하셨다.

"정액에는 상당량의 과당이 들어 있습니다."

한 학생 왈,

"그럼 정액 속에는 설탕 같이 단 것이 들어 있단 말이네요."

"그렇지."

그때 한 여학생이 손을 번쩍 들며 큰소리로 말했다.

"그런데 왜 정액은 달지 않죠?"

그러자 모두들 조용해지면서 썰렁한 분위기가 되었다. 여학생은 얼굴이 붉어져서 밖으로 뛰쳐나갔다. 이때, 교수님의 말씀.

"학생이 잘 못 느낄 수밖에 없죠. 우리 혀가 단맛을 느끼는 부위는 혀끝에 있기 때문입니다."

　언제부턴가 중년들의 '갱년기 검진'이 유행이다. 구체적인 갱년기 증상들을 공부해 와서 자신의 남성호르몬 수치가 어떠한지 검사를 요구한다. 남성호르몬은 생리적으로 오전이 높기 때문에 늦은 오후보다는 오전 9시경 방문해서 채혈하는 것이 더 정확하다. 오르가즘의 강도에 대한 관심과 아울러 사정액의 양을 돌려달라는 주문이 많다. 사정량은 젊었을 때의 사정횟수와 관계 없으며 노화에 의한 남성호르몬 생산량 감소와 정낭과 전립선의 기능저하에서 비롯된다. 정액량은 50대 중반 이후 많이 감소한다. 50대 후반의 남성 약 8%는 사정량이 거의 없으며, 60대 초반이 되면 10%에서 사정량이 없어진다.

　정액량 감소와 동반되는 노화현상 외에 당뇨, 신경인성 장애, 수술 후 장애 등은 '첫 장, 오르가즘'에서 기술한 대로, 자신의 병력과 관련하여 자세한 정보를 제공하면 쉽게 원인을 밝힐 수 있다.

　중년 남성에서 흔히 질문하는 내용으로 '정관수술을 후에 정액량이 감소하고, 오르가즘이 약해지면서 성기능이 전반적으로 감소했다'는 남성이 있다. 정관수술은 고환에서 생산된 정자의 통로인 정관을 차단하여 정자만 포함되지 않도록 하는 수술이므로, 정액 양은 대부분을 차지하는 전립선액과 정낭액의 변화는 전혀 있을 수 없으니 다분히 심리적인 불안일 뿐이다. 정신과에서도 대표적인 거세공포증(去勢恐怖症: Castration Phobia)의 예가 된다.

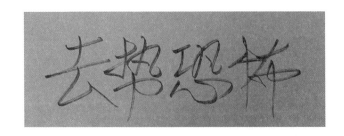

제 3 장

勞心焦思 오르가즘

노 심 초 사

스마트폰

수행불안장애

요즘은 TV를 볼 일이 별로 없다. 읽을거리가 넘쳐나고, 뉴스나 정보가 제공되는 영상과 매체가 많다보니, 그 앞까지 가서 TV를 향해 리모콘의 전원 버튼을 눌러 본 일이 한참 되었다. 지하철 안에서 Metro, Focus 등의 무가지 (無價紙)를 읽고 선반에 놓인 신문을 재활용 수집하던 모습을 기억하면 '아재'인 세상이다.

지하철에서 서서 목 스트레칭을 하며 주위를 둘러보면 웃음이 난다. 눈을 감고 조는 사람 외에는 다들 손바닥을 들여다보고 있다. 나도 얼른 스마트폰을 꺼내들고 머릿속을 스쳐가는 오늘의 일상과 스케치를 일기장에 두드린다. 종이 일기장에 손글씨 써본 게 벌써 한참 전이다.

그렇게도 스마트폰을 경멸하던 필자는, 진료할 때 연령대를 가리지 않고 동영상에 집착하여 성기능 장애를 동반하는 환자들을 봐서도, 친구들에게도 자녀 교육을 위해서 절대 부모가 스마트폰을 써서는 안된다고 떠들고 다녔던 기억에 얼굴이 붉어진다.

그러다가 '갤럭시 노트 2' 보물을 득템한 이후 스마트폰의 '네이버사전' 앱

으로 중국어 공부를 혼자 시작하고, 일기장을 옮겨오고, 급기야 '네 글자 - Fourletter words' 책을 한 권 출간하게 되었다. 붓글씨 쓴 이미지 편집도 스마트폰으로 다 가능하였고, 저장공간이 가득 찬 이후에 '갤럭시 note 4'로 자료들을 모아 놓았다. 스마트폰은 말 그대로 'Smart phone: 智能手机'였다. 갤럭시 스마트폰은 중국어로 '盖乐世(galaxy)'로 쓰고 '세상을 즐거움으로 덮는다'는 뜻이다. 필자도 즐거움을 느낀 한 사람임을 고백한다. 요즘 이름은 거창한 스마트폰 갤럭시(盖乐世: galaxy)가 중국의 시장점유율 바닥이라는 소식에 섭섭하기 이를 데 없다.

이제 가히 SNS 시대라 할 만하다. 미국의 정치판도 SNS로 좌우되는 세상이 되더니, 이제는 우리 정치판이 SNS로 혼탁해져서, 서로 댓글로 비방하고 치고 박고 싸우는 진흙탕 '이전투구(泥田鬪狗)'의 지저분한 싸움판이 되어버렸다. 곧 SNS로 인해 정치생명이 그네를 탈 인물들이 출현할지도 모르겠다.

우리 사회가 유달리 사람들 간의 간격이 가까운 사람들이 모여 살다 보니 IT 강국으로 발돋움하면서 한국에서는 거의 모든 생활이 노출되는 느낌이다. 정보의 공유 측면에서야 바람직하다지만, 사생활보호 측면에서는 개인 간에 너무 지나친 노출과 간섭이 이루어지는 것 같다. 개인사 중에서 특히 성생활은 노출되어서는 안 되는 성역이고 반드시 보호되어야 함에도 불구하고 무서운 네트워크 단말기를 침실에 두지 않는 이가 거의 없다.

신혼의 36세 R씨는 벤처기업으로 성공을 이룬 신세대 신랑이다. 정신없는 전산업무를 정리하고 뜻이 맞는 친구들과 사업을 열어가는 하루하루가 신바람이 난다고 했다. 그러던 중 결혼 6개월 만에 당하게 된 성기능장애가 황당하기 짝이 없다고 했다.

"어느 날 밤 부부생활 중에 핸드폰 한 통을 받은 것이 그만…"

결혼 6개월 째 심야에 사무실로 부터 업무에 관한 급한 핸드폰 한 통을 받는데 마침 부부관계 중이라 곤란하였지만 사안이 중요하고 해결하는 데 시간이 걸려 거실로 나가 전화로 일을 해결한 후에 잠자리에 들었을 때는 흥분감도 없어졌고, 사실 부부간에 '그럴 수 있는' 하룻밤이려니 하고 잠을 청하였는데, 다음날 잠자리에서 자신의 반응이 무뎌졌다고 느껴졌다.

자신에게 성기능의 문제가 있게 되리라고는 상상을 해본 적이 없었기 때문에 하루를, 또 하루를 그러려니 지냈지만, 서너 달 동안 회복되지 않는 자신의 문제점을 해결하고자 진료실에 들어섰을 때는 당황스럽고, 절망적이라는 생각 때문에 사업도 정상적으로 수행하기 어려울 지경이 되었다.

첫 면담에서 분명히 기억해 내는 그날 밤의 일을 상담하고 나서 기본적인 배경질환 검사에서 정상소견임이 확인되어 '치료결과에 안심할 수 있다는 내용'으로 확신을 주었다.

남성들은 성기능이 심리적인 면에 의해 크게 영향을 받을 수 있고 이러한 상황이 얼마든지 회복이 가능한 경우임을 확신하도록 노력하면서 '수행불안, 기대불안' 심리의 악순환의 고리를 끊기 위해 경구약물치료를 겸한 상담치료를 반복하였다. 예상했던 대로 심리적 불안상태의 악순환의 고리에 얽혀있던 그는 스스로 문제를 헤쳐 나올 수 있었고 자신이 최근에 겪었던 악몽 같은 몇 개월 간의 발기장애가 '운전 중에 예상하지 못하고 만났던 아주 긴 터널을 빠져나온 듯한 느낌'이었다고 회상한다.

유사한 사례로 40대 초반의 환자가 성관계 중에 머리맡에서 진동으로 울려대는 핸드폰 때문에 시작된 고민을 털어놓았다. 액정면에 뜨는 발신자 이름은 사촌형. 밤중에 전화한 것으로 보아 급한 전화로 생각하고 어색한 성관계의 중단과 함께 받은 전화는 한잔 걸친 형님이 3백만원을 꿔달라는 이야기를 고민하다가 전화했다는 내용이었다. 약간 불쾌하다는 생각은 하였어도, 이후 몇 개월째 성관계하는 데 어려움을 느끼게 된 것은 생각지도 못한 결과였다.

　핸드폰 이야기는 아니지만, 유사한 심리적 충격에 의한 불안장애 환자 증례들이 너무 많다. 20대 후반의 동갑내기 부부이야기도 소설 같은 이야기다. 신혼여행을 다녀와 친정에 가서 인사드리고 하룻밤 자고 신혼집으로 가기로 하였다. 즐거운 이야기와 축하 격려 말씀도 듣고 술도 한잔 했다. 그리 늦지 않은 시간에 2층에 올라가서 신부 방에서 성관계를 시작했는데 장모님이 과일을 깎아서 쟁반에 받쳐 2층으로 들어오시는 돌발 상황이 벌어졌다. 신부는 어머니 얼굴과 마주치진 않았지만 '에구머니나' 당황하신 장모님의 눈동자와 딱 마주친 신랑. 이 때부터 신혼기간 중 성관계만 하려면 가슴이 두근거리고 장모님 눈동자만 자꾸 떠오르게 되는데, 성관계와 조건화된 엄청난 스트레스로 성기능장애가 동반된 경우이다. 이런 사례들이 모두 심인성 발기부전 특히 수행불안장애로 유발된 성기능 장애라고 할 수 있다.

　젊은 남성이 일시적인 심리적 원인에 의한 발기장애를 경험하게 되는 경우, 어쩔 줄 몰라 진료실에 들어서기까지 심한 심리적 갈등을 경험하게 되는 경우를 종종 경험한다. 사실 우리 모두에게 일어날 수 있는 일이지만 쉽게 말로 표현하기 어려운 일이기도 하다.

　네트워크도 중요하지만, 이제는 스마트폰 열풍 속에 '핸드폰 공해'라고 할 만큼 전 국민이 피해가 많은데 공공장소뿐만 아니라 개인적인 피해도 적지 않은 것 같다. 그렇지 않아도 복잡하고 어지러운 통신망과 전산망의 올가미를 가정에까지 가져가서야 되겠는가?

각 방을 쓰는 부부끼리 안방과 건넌방, 주방과 거실에서 문자로 대화전송을 한다지 않는가. 이제 가정을 지키기 위한 캠페인이라도 벌여야 할까보다. 직장에서 퇴근하면 핸드폰 전원 끄고 '얼굴을 맞대고 대화 합시다!' 운동을 시작으로.

단칸방에서 이리 치이고 저리 치어도 행복한 가정인데, 아파트 평수를 늘려 큰 집으로 이사 가면, 가족 간의 거리감은 비례해서 멀어지는 게 확실하다.

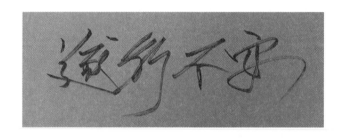

마음의 병

It's not my wife!

영어 유머책에 성기능장애의 치료의 지름길은 성행위를 시작할 때 'It's not my wife!, It's not my wife!' 열 번을 마음속으로 외치고 집중하면 된다는 우스개소리가 있다. 기죽은 남편을 '기살리는 방법'으로 권하는 처절한 불안 떨쳐내기 작전이다.

남자아이가 목소리가 변하고, 수염이 나고, 생식기의 변화가 나타나기 시작하면 사춘기라고 하고, 드디어 어른이 되었다고 한다. 그리고 '아픈 만큼 성숙해진다는 포경수술'을 하기 위해 비뇨기과를 찾는다. 과연 포피를 벗겨내고 나면 어른이 된 것일까? 프로이트는 인간의 성장을 '성적(性的) 성숙'에 기초한 이론을 세웠다. 성기능 장애 환자들에서 문제점을 발견할 때마다 무의식의 성적 본능 이론에 공감하게 된다.

37세 남성이 한 살 연상 아내와 결혼을 하였다. 표현을 그대로 빌리자면 '엄마가 하라고 해서, 엄마한테 효도하는 셈치고' 결혼했다는 마마보이 이야기이다. 아직까지 성적(性的)인 관심이 전혀 없는데, '엄마가 하라고 해서' 결혼을 감행했는데 '역시나' 잘 안된다는 것이다. 그리고 결혼한 신부에게서는

'엄마한테서는 나지 않는' 암내 같은 냄새가 나서 같이 자기가 싫다고 한다.

　명백한 신체적인 원인이 없고, 심리적인 원인으로 성기능의 문제가 있는 경우를 심인성 기능장애라고 한다. 과거에 발기부전이라면 정신과의사의 감정부터 받아야 한다는 생각은 많이 변했지만, 현재도 성기능의 심리적인 요소는 중요한 부분임에 틀림없다. 신체적 원인의 성기능장애 환자라 하더라도 정상적인 성생활을 누릴 수 없다고 하는 심리적 압박감은 정신적 고통과 2차적인 심인성 장애를 다시 동반할 수도 있고 신경정신과적 약물도 2차적으로 성기능에 영향을 미칠 수 있기 때문이다.

〈불안장애〉

　비뇨기과 교과서에는 수행불안(Performance Anxiety)이라고 나와 있지만, 필자는 '멍석장애'라고 환자에게 설명한다. '하던 x도 멍석 펴놓으면' 어찌 되나요.

　40대 후반 가장이 아이들을 교회에 보내고 주일 아침 부인과 성관계에 몰두해 있는데 '두고 간 물건을 찾으러' 다시 집에 들른 딸에게 그만 현장을 목격당하고 말았다. 다음부터 심리적 충격에서 헤어나지 못하고 지속적으로 발기부전에 빠지고 말았다. 마찬가지로 성관계를 하려고만 하면 딸과 마주친 상황만 자꾸 떠올라 심장이 뛴다.

　신혼여행을 다녀와 처가에 가서 인사드리고 하룻밤 자고 신혼집으로 가기로 하였던 20대 신랑이 신부 방에서 성관계를 시작했는데, 장모님이 과일을 깎아 들어오시는 상황이 벌어져서 장모님의 눈동자와 딱 마주쳤던 신랑도 성관계만 하려면 가슴이 두근거린다.

　중년에 심한 음주 후의 부부관계에서 강직도가 떨어진 경험을 했던 경우 성관계시마다 '행위불안'을 느끼게 되는 경우가 심인성 장애 중 가장 흔하다.

　"이번에 또 그러면 어떡하지? 이번엔 잘 돼야 할텐데~."

남성들의 성기능이 심리적으로 영향을 받을 수 있고 이러한 상황이 얼마든지 회복이 가능한 경우임을 확신하도록 노력하면서 '수행불안' 심리의 악순환의 고리를 끊기 위해 경구약물치료를 겸한 상담치료를 반복하면 대부분 잘 회복될 수 있다.

〈부부갈등〉

요즘은 결혼도 점점 늦어지고 있고, 젊은 부부들이 마치 이혼이 유행인양 쉽게들 헤어진다고 한다. 중년 이후도 마찬가지여서, 황혼의 부부가 더 이상 못 참겠다고 소송을 냈다는 뉴스도 접하게 된다. 놀라운 것은 이혼소송을 낸 상당히 많은 부인이 남성의 성기능 장애를 문제 삼고 있다는 것이다. 법원의 신체감정의뢰를 받는 사례가 점점 많아지면서, 다양한 사연을 접하지만 우선 생각할 것은 매일 얼굴을 맞대는 부부간에 갈등이 없을 수 없고, 신체적으로 정상적인 남성도 모든 걸 극복하고 성생활을 씩씩하게 감당해 내기는 어렵지 않겠는가 하는 것이다.

부부간의 갈등(Marital conflict)이 행위불안 다음으로 흔히 면담하게 되는 내용이다. 면담 내용을 보면, 여성 상위시대로 세대가 바뀌면서 경제권, 자녀 교육 발언권은 물론이요 '성행위 요구권'까지 모두 칼자루 쥐는 쪽은 바뀌었다. 자녀들의 중간고사, 기말고사 기간은 반드시 금욕기간이다. 말이 부부 간의 갈등이지 속어로 말하면 '바가지성 성기능 장애'라고 할 수 있다. 잘못 하면 여성들에게 비난 받기 딱 좋은 내용인데, 그래서 단서를 달아서 설명하 면 어디까지나 '한 세대 전에 비해서' 조금 바뀌었다는 설명으로 한 발 빼 본 다.

요즘은 뭐든 '네 가지'를 강조한다는데, 탈무드에 '남자를 늙게 만드는 네 가지'가 소개되어 있다. 불안(anxiety), 화(anger), 아이들, 악처(惡妻) 이렇 게 지목된다. 심인성 성기능 장애의 요인과 맞아 떨어지는 대목이다.

〈우울경향〉

일상의 성취도 문제와 연관된 우울경향의 성격(Depression)이 성기능과 연 관되어 나타나는 경우가 있다. 명문대를 졸업한 34세 남성 G씨는 굳은 표정 으로 진료실에 들어섰다. 자세한 상담에도 잘 응하려 하지 않고 자연스럽게 풀어가려는 상담자의 대화노력에도 협조적이지 않았다. 최근에 실직했다며 여러 가지로 힘들다는 말뿐이다. 야간 수면발기검사에서 현저한 비정상적인 소견을 보이고 인성검사에서는 우울증적 소인이 매우 높게 나타났다. 아주 전형적인 우울경향의 성격장애이다. 이렇게 정신과적인 문제가 동반되어있 는 경우는 치료 전에 반드시 자세한 심리 평가와 신체적 치료에 대한 적합성 여부를 검증하고 시작하는 것이 바람직하다.

남성의 성기능 상담을 할 때, 이러한 성격적 경향에 크게 영향을 미치는 요인이 사회적인 성취도 문제이다. 사회문화적 연구논문에 따르면, 화이트 칼라와 블루칼라의 성기능은 블루칼라의 우세로 나타난다. 블루칼라의 하 루 일과 성취도 그리고 해도 해도 끝나지 않는 화이트칼라의 업무 스트레 스, 신체적 운동부족이 환하게 대비되는 대목이다. 직장인의 승진, 사업가 의 돈벌이, 학자의 연구업적 등 사회생활하는 이들의 앞에 놓인 정상적 성

기능을 추구하고자 맡은바 성취해야 할 과제가 환자들에게는 큰 부담으로 다가온다.

〈성적 무지, 발달장애〉

사람들은 '대부분'이라는 용어를 아무런 생각 없이 쉽게들 사용하고 있다. 그러나 병원에 오는 환자들은 바로 이 '대부분'에 해당하지 않는 사람들이다. 1군단 군의관 시절, 1990년대 중반 20대 초반의 신병들의 성행태를 조사해 본 결과, 신병교육대에서 만난 젊은 남성의 98.5%가 자위행위의 경험이 있고 1/4이 성경험을 가지고 있었다. 지나고 보니 그때 그때 경험해야 할 성적인 경험이 없는 사람이 진료실에서 면담하게 되는 경우가 많았다.

남성크리닉에 성기능장애를 안고 찾아온 '대부분'이 아닌 남성들과 면담해 보면 '성에 대해 이렇게도 눈을 감고 살아갈 수 있을까' 놀랄 때가 있다. 오히려 이들은 '살아가는 데 지장이 없는 문제를 억지로 해보려 할 수는 없지 않느냐?'고 반문한다. 단지 결혼하고 나서 그 문제가 저절로 해결되리라는 생각과 달리 원만치 못하다는 이야기다. 성적으로 무지(Ignorance)의 경우와 성에 대한 잘못된 신념을 가지는 경우다. 때로는 종교적인 배경으로 문제가 되기도 한다.

30대 중반의 대기업 기획실에 근무하는 유학파 남성이 찾아왔다. 생전 자위행위는 해본 적도 없고, 결혼하고 나면 성생활은 저절로 되려니 하고 자신 있게 중매결혼을 했는데 하고보니 '자기생각 대로는 안되더라'는 것이다. 신혼생활 3년 동안 부인은 처녀인 채로 같이 살고 있었는데, 이번에 진료실을 찾은 이유는 3년 동안 아기가 생기지 않아서라고 했다. 진료실 바깥에서 양가 부모님의 티격태격하는 소리가 들린다. 서로 자기네의 문제가 아니기 때문에 감정이 상한다는 말다툼을 하고 있다. 가만 들어보니 신부 어머니는 산부인과 의사이시다.

50대 남성과 면담하였는데, 난봉꾼인 그의 아버지는 그에게 배다른 형제들을 선물하셨다. 성장과정에 받은 충격은 20세에 정관수술을 받고, 성생활의 혐오, 세상에 대한 원망과 '돈만 벌자'는 앙심에 찬 인생의 길을 선택하였고, 결국 큰 부를 거머쥐었다. 그런데 50대에 펼쳐지는 인생의 변화와 함께 멋진 여성을 알게 되었는데, 이제는 자신의 성적인 기능을 펼쳐 보일 수가 없다. 세상 모든 일이 뜻대로만 되는 건 아니다.

에릭슨의 성격발달단계 이론이 있다. 사람이 태어나서부터 노년기에 이르기까지 여덟 단계로 나누어 각 단계마다 일반적인 문제점과 여러가지 갈등에 대해 언급하고, 각 단계에서 나타나는 문제나 갈등은 문화와는 상관없이 공통적으로 나타난다고 하였다. 출생~생후 1년 구강기의 신뢰감 대 불신감, 2~3세 항문기의 자율성 대 수치심, 4~5세 남근기의 주도성 대 죄책감, 6~11세 잠복기의 근면성 대 열등감, 청년기의 생식기의 자아정체감 대 역할혼미, 성인전기의 친밀감 대 고립감, 성인중기의 생산성 대 침체감, 성인후기 혹은 노년기의 통합성 대 절망감으로 각 전환기마다 대비적인 성격이 결과로 나타난다는 것이다.

진료실에서 성기능장애 환자들의 성적(性的) 발달의 변화를 보건대, 성적인 위기와 갈등을 극복하면서 'personality의 성격'이 아닌 'class of sexuality의 성적인 품격'이 형성된다고 느껴진다. 청년기, 성인기를 거치면서 성적인 자아가 형성되거나 성적 역할을 찾지 못하는 대비가 나타나거나 성상대와의 친밀감을 찾거나 고립되는 성적인 품격이 나타난다고 할 수 있다.

성의학자들이 오랜 경험을 통해 얻은 결론이 있다. "SEX는 본능적이기는 하지만 학습적인 요소도 있다."

〈신경정신과 문제〉

강박증 환자들은 심한 경우 절정감에서 자신이 절제하기 힘든 상황이 될까봐 지레 겁이 나서 아예 성관계를 회피하는 경우가 있다. 뭐가 무서워 장을 담그지 못하는 환자들이다.

중년의 노신사가 자신의 동의 없이 포르노 비디오에 의한 성적 반응검사를 한 것에 강력히 항의해왔다. 간혹 이런 경험이 있기 때문에 사과하고 면담을 계속하는데 환자의 문제가 부인의 긴장성 요실금에 의한 암모니아 냄새가 거북하여 자꾸만 피하게 되니 어떻게 도와줄 수 없느냐는 것이었다. 지나친 강박, 결벽증 모두 성관계에는 악영향이다.

또한 외래에서 쉽게 만나는 우울증 환자들의 경우는 우울증 자체의 성기능장애 유발인자와 항우울제 약물의 성반응 억제 경향에 대해 다 주의를 기울여야 한다. 간혹 자세한 병력과 신체검사로 치료까지 시작했다가 환자가 숨긴 약물 병력 때문에 처음부터 접근이 뒤바뀐 사례들이 종종 발견된다. 그러므로 우울증, 수면장애, 강박증 등의 정신과적인 병력을 문진해 보는데 초기에는 쉽게 이야기하지 않는 경우가 있다.

심인성 발기부전에 국한해서가 아니라 전반적인 성기능 상담을 할 때, 심인성 발기부전의 사례들을 대략적으로 소개하고 자신에게 심리적인 원인이 없는지 돌아보도록 기회를 제공하는 시간이 초기 성기능 면담에서 큰 도움이 된다고 생각된다.

삼대(三代)가 같이 사는 집이 있다. 요즘은 보기 드문 집안으로 조부모께서 1층 내실을, 부모님은 건넌방을, 그리고 손자 내외와 형님 내외는 2층에서 독립된 방 한 칸씩을 쓰고 있다. 조부께서 일찍 취침을 하시는 내실의 바로 윗층의 방에 신혼살림을 차린 손자 내외가 직장에서 돌아와 부부간에 애정을 표출할 때면 여간 신경이 쓰이는 게 아니다. 신혼의 하룻밤은 시간이 짧기만 한데, 고조되는 흥분기에 떠오르는 바로 아랫방에 주무시는 조부모님의 모습은 여린 손자의 마음을 위축시키기에 충분하다. 입을 막고 견뎌보고 그러기를 6개월.

진료실에 나타난 손자의 표정은 어둡기 짝이 없다. 27세의 건강한 남성이 묘사하는 자신의 三代가 같이 사는 집에 대한 자세한 설명을 듣고 있자니 이건 시트콤의 한 장면에 다름이 아니다. 주거환경에 의한 수행불안으로 추정되는 경우다. 우선 기본적인 배경질환 검사에서 전혀 이상소견이 없는지라 다른 정밀검사를 필요로 하는 상황이 아니었다. 넌지시 신혼부부의 결혼 이후의 '바깥 나들이'에 대해 물었더니 반색이다.

"휴일에도 식구들이 다 같이 움직이는데요?"

신부와 함께 둘만의 시간을 가져볼 수 있도록 제안하고 치료제는 기본적인 혈류개선제를 사용하였더니 한 달 후에 나타난 손자의 얼굴엔 희색이 만면. 인위적인 치료를 더 할 필요가 없음은 물론이었고, 그는 자신의 문제가 무엇이었는가를 인식하게 된 것만으로 자신감을 되찾기에 충분하였다. 그래서 우리 선조들께서는 2층집을 짓지 않고 단층집에서 三代, 四代가 다같이 화목하게 사셨을 거라고 한마디 하고선 환자와 함께 웃었다.

이번엔 또 다른 三代가 같이 사는 집안의 할아버지 이야기다. 맞벌이 손자 내외가 수시로 아이를 맡기고 다니니 할머니는 손자 보아주는 재미에 밤에도 건넌방에 가서 돌아오질 않는다. 할머니는 일찌감치 자궁적출술을 받았지만 호르몬 보충요법으로 10년 넘게 부부생활에 지장은 없던 터에 최근에 손자 녀석 때문에 벌어지는 뜻하지 않은 별거생활이 짜증스럽다. 마음이

동하는 날엔 할아버지는 혼자요, 가끔 할머니가 잠자리를 같이 하는 날이면 신경써서 해본다는 것이 실패이기를 3개월.

"이거 원, 내 생활이 망가져 버렸네요…"

할아버지는 이제 언제 어디서나 성공할 수 있는 치료를 기대하고 진료실에 들어섰다. 사실 치료가 필요 없는 정상적인 노년기의 남성임을 느끼면서 경구 치료제를 몇 번 사용하였고 그 효과는 대만족이었다. 하지만 나는 할아버지께 부부간의 성문제 이야기를 화제로 생활을 다시 바꾸어 보도록 제안하였다. 약물복용 없이도 이전의 부부생활로 돌아 갈 수 있는 자연스런 일상생활을 위해 부부간에 요즘의 생활의 문제점을 대화로 풀어보기로 했다.

현대사회라고 해서 三代가 같이 살지 말란 법은 없다. 오히려 대가족이 어우러져 살면서 정을 느끼고 집안의 화목을 이루는 게 더 아름다운 삶일 수 있다. 우리 사회가 현대사회로 옮겨오면서 살아가는 방법이 변한 만큼 부부간의 성생활을 위한 배려와 노력이 동반될 수만 있다면 틀림없이 새로운 '三代 文化'는 사랑도 함께 꽃피울 수 있지 않을까? 힘들면 '따로 살기'가 답이 될 수도 있고.

성치료 강사가 외친다.

'칭찬은 작은 고추도 춤추게 한다.'

'구박과 질타는 큰 고추도 시들게 한다.'

'마음의 병' 말머리에 영어 유머책에 실린 성기능장애의 치료의 지름길이 〈It's not my wife!' 열 번 외치기〉라면 '이건 혼외정사를 부추기라도 하는 것이란 말인가?' 하고 거북할 수도 있겠다.

'혼외정사' 건배사에 그 답이 들어 있다.

혼자
외로워하지 말고!
정을 나누고
사랑을 나누자!

빠른 남성

20년간의 동상이몽!

파울로 코엘료의 장편소설 '11분'이 화제가 되었던 적이 있다. 성을 파는 여성들이 '하룻밤'이라 칭하는 1회의 성교에 대해 상품화된 성의 시간적 개념을 45분으로 설명한다. 옷 벗고 예의상 애정 어린 몸짓을 하고, 하나마나 한 대화 몇 마디 나누고, 다시 옷 입는 시간을 빼면, 성교시간은 고작 11분 밖에 되지 않는다는 것이다.

그런데 '빠른 남성' 또는 '토끼'라고 우스갯말로 표현하는 조루증은 세계 성학회의 원발성 조루증을 시간적 개념으로 설명하면 1분이 채 안 되는 경우를 말한다. 성교시간 통념의 십분의 일이 안 되는 경우라고 해야 할까.

조루증에 대한 고전적 유머가 있다. 지구의 멸망을 앞둔 부부 이야기이다.

아내: "당신은 3분 후에 지구가 멸망한다면 어떻게 할거야?"
남편: "그야, 당신과 사랑을 나눠야지!"
아내: "그럼 나머지 2분은?" !!!!!!!!!

1분은 '사치'라면서, 삽입과 동시에 심지어 삽입 이전에 사정하는 심한 조루증 환자의 성생활에서의 괴로움은 상상을 초월한다. 17살 아들을 데리고 포경수술을 시켜야 한다고 심각하게 진료실에 들어선 아버지와 아들이 있었다. '수술은 말아서 해주시구요, 그거 있죠? 〈조루 예방 수술〉!, 수술할 때 그거 꼭 같이 해 주세요. 인생 살아보니까 그게 제일 중요해요.' 너무 진지하게 말씀하셔서 웃지도 못하고 있는데, 아들은 눈을 멀뚱멀뚱 먼 산 쳐다보고 있다. '그 아버지, 얼마나 절실했으면 …'

당시에 조류독감이 유행하던 시기였다. 나는 웃음을 참으며 또 엉뚱한 생각을 했다. '이거 원, 조루증을 무슨 〈조루독감〉으로 아나? 〈예방접종〉 하게?'

40대 후반의 K씨는 지난 겨울부터 가슴이 답답하다고 했다. 지난 연말 여고동창모임에 다녀온 부인의 한마디가 가슴을 찔렀다. "다른 친구들은 부부 생활에서 좋다는 느낌을 받는 애들이 있대요." 말끝을 흐리며 자신의 눈치를 살피는 부인을 보면서 아찔했단다. 20년 동안 그렇게 자주라고는 못해도 자신의 나이에 평균만큼은 즐기며 살아오고 있다고 자부하던 터였다. "선생님, 제가 좀 빠르기는 해도 마누라가 밤마다 만족해하는 줄 알았어요." K씨는 부인의 만족과 자신의 만족이 별개였다는 것에 너무 놀랐다고 했다.

불행히도 지난 연말 그날의 대화에서 느낀 K씨의 충격은 심리적으로 그에게 압박을 가하여 심인성 발기부전이 생겼고 그는 결국 아예 밤을 두려워하는 남성이 되고 말았다. 이 부부의 경우에는 부인의 성감각 검사에서는 정상이었고 남편의 성기능 검사결과는 약간의 혈류유입이 줄어든 소견이 있었기 때문에 약물요법으로 발기력을 회복하여 최근에 진료실에서 지지요법과 상담으로 심리적으로 안정을 찾고 부부간에 그동안의 벽을 허물어 가고 있다.

20년간의 동상이몽! 부부상담을 하면서 놀라게 되는 것은 우리나라 부부간의 대화가 없어도 너무 없다는 사실이다. 잠자리에서 상대의 그날의 느낌도 확인하지 않고, 말없이도 상대편의 느낌쯤이야 척척 알아차려야 부부가

아닐까 하는 큰 착각 속에 집집마다 성적으로 비범하고, 초인적인 부부들만 살면서 동상이몽의 세계를 만들고 있는 것은 아닌지 걱정이 앞선다.

그런가 하면 74세 남성이 평생 동반해온 조루증을 보상하기 위해 '매번 두 번씩' 성관계를 해왔다면서 상담을 청하셨다. 두 번째 성교에서는 항상 만족할 만한 시간이 유지되었기 때문에 그동안 잘 지내오시다가 이번에 병원에 오신 이유는 요즘 들어 두 번째 관계 후에 좀 피곤함을 느끼기 시작하셨다나 뭐라나.

조루증의 90년대 이전의 정신과적 성기능장애의 분류법으로 보면 피스톤 운동의 왕복운동의 횟수나 시간 조절능력의 여부를 기준으로 삼았었다. 이후 2000년대에도 조절능력을 기준으로 삼는 경우가 많았는데 시간적인 개념은 약간의 성적 자극으로도 질내, 삽입 당시, 삽입 직후 또는 개인이 원하기 전에 사정이 이루어지는가를 기준으로 했다. 최근에는 '1분 이내'의 시간개념을 기준으로 하는 경우가 많은데 세계성학회의 원발성(처음부터 조절이 되지 않는 경우) 조루증의 정의를 '거의 모든 성교에서 사정시간이 1분 이내 이루어져서 성적 좌절을 초래하는 경우'로 정의하고 있다.

일반적으로 조루증이라면 사정시간이 빠르다는 개념을 생각하기 쉬운데 최근의 세부 분류법은 Waldinger 박사가 제안한 4가지 조루증 분류기준을 사용한다.

첫 번째 분류가 원발성 조루증으로 사춘기 이후 사정반사회로가 형성된 이후 한 번도 조절능력을 가져보지 못한 경우로 일반적으로 처음 남성에서 이루어지는 사정반사의 빠른 속도가 안정된 상대자와의 성관계 후에도 정상화되지 않고 일생 동안 빠르게 유지되는 경우를 말한다.

두 번째 분류가 이차성 조루증으로 흔히 내과적으로는 사정에 영향을 주는 교감신경 항진의 갑상선질환, 비뇨기과에서는 사정기관인 전립선질환, 그리고 중년에 접어들어 남성호르몬이 감소하면서 동반되는 남성갱년기, 발기부전의 이차적인 결과로 없던 조루증이 발생하는 경우를 말한다. 특히 갱년기와 동반된 이차성 조루증은 사정액의 양 감소, 사정감각의 약화 그리고 오르가즘의 소실 등 동반된 사정기능의 질 저하가 동반되는 특징이 있다.

세 번째 분류는 선택성을 보이는 조루증으로 성상대자에 따라 사정시간의 조절 능력이 차이가 나서 환자가 성관계에 대한 자신감 상실 좌절 등을 겪는 경우인데 비뇨기과 외래에서 상담하는 많은 경우가 여기에 속한다.

네 번째 분류는 상대적인 조루증으로 실제 조절능력이나 시간적인 문제가 있다기보다는 남성들의 성적 가치관의 차이에서 초래되는 상대적인 시간적 불만족을 말한다. 대개 주위의 친구, 동료들과의 성행동에 대한 비교를 통해 자신이 어느 정도 조절 능력이 떨어지는 것이 아닌가 고민하게 되는 경우가 해당된다. 이런 경우는 사정 반사 생리나 간단한 설명으로도 많은 경우에서 자신의 문제에 대한 객관적인 인식을 가지게 될 수 있다.

세 번째, 네 번째 부류의 환자들은 기본적으로 어느 정도의 사정조절능력을 가진 환자이기 때문에 상담을 통해 주기적인 관찰만 하더라도 호전되기도 하며, 약물치료를 선택하건 수술적인 요법을 선택하건 대개 그 결과에 대한 높은 만족도를 보인다. 빠른 친구들을 10명씩 데려오곤 한다.

이차성 조루증은 병력조사와 상담을 통해 원인질환의 치료를 우선하여야 증상의 호전을 기대할 수 있다.

치료에 가장 어려움을 겪는 '원발성 조루증'은 사정 조절 중추의 조절 능력의 문제인 경우가 많기 때문에 치료에 중추신경에 작용하는 항우울제가 흔히 적용된다. 세계 최초로 유럽에서 개발된 '다폭세틴'이라는 조루치료제도 원래 성분은 기존에 사용되는 항우울제를 속효성 단기작용 약물로 개발한 것이다.

여러 가지 조루증의 발생기전에 근거하여 조루 치료법이 시행되는데, 전통적인 행동요법은 사정반사회로의 원인을 제거하는 방법으로 음경의 감각적 자각수준을 체계적으로 증가시키는 방법이다. 먹는 약물치료는 항우울제를 성관계 수 시간 전에 복용하는 방법이 있다. 이들 약제는 뇌에서 사정을 억제하는 물질인 세로토닌의 재흡수를 차단하여 사정중추의 흥분을 억제함으로써 사정지연효과를 보이게 된다. 먹는 약제는 간편하나 사정지연효과가 떨어지고, 성관계할 때마다 약을 복용하여야 되며, 사정중추에 작용하므로 어지러움, 구갈 등의 부작용이 드물게 나타나는 단점이 있다. 국소치료방법으로는 음경의 감각을 둔화시켜 척수를 통해 사정중추로의 감각전달을 지연시키는 방법으로 국소마취제를 음경에 바르는 방법이다. 국내뿐만 아니라 구미에서도 이 방법이 효과적이고 안전함이 입증되었으나 성관계할 때마다 약을 발라야 되므로 번거롭고, 제대로 씻지 않으면 배우자까지 마취가 되어 본인과 배우자 모두 성감이 떨어지는 경우가 발생할 수가 있다. 한국에서는 생약제로 바르는 약 'SS - cream'을 개발하여 출시한 바도 있다.

수술적 치료인 음경배부신경차단술은 국소마취제가 사정지연에 효과가 있음에 착안하여, 90년대부터 시행되었으며 음경감각의 둔감화로 치료를 기대하기 어려운 이차성 조루증에는 적용하기 힘들어 치료방법에 대해 충분히 상담한 후 선택된 환자에서 적용하는 것이 바람직하다.

성학회에 참석해 보면 서양의 성의학자들과 성치료 전문가들이 비뇨기과적인 남성 위주 치료의 문제점을 지적하여 토론하게 되는 경우가 있다. 결국, 토론의 주제는 '조루증은 남성만의 병이 아니다!'라는 것이다. 조루증 환자가 사정시간이 빠르다고 해서 오르가즘의 문제가 있는 것도 아니고 결국은 성적인 좌절감을 가지게 되는 것도 성상대자의 요인이기 때문이라는 것이다. 실제 성치료, 행동치료의 결과에 지대한 영향을 미치는 요인이 상대자의 협조, 치료에 참여하는 태도와 함께 성상대자의 만족도가 가장 중요하다는 것이다. 성의학적인 토론 내용은 진료실에서 비뇨기과의사 주도의 치료를 시행해 오면서 느끼는 한계점을 지적 받는 것 같아 환자의 상담에 큰 도움이 되고 있다.

여기에 적용되는 개념이 여성의 '멀티 오르가즘'이다. 이는 어느 정도의 자극에 여성이 반응하는 단계를 성상대자 서로 간에 느끼면서 자극의 강도를 자극기와 휴지기로 나누어서 리듬을 타야 한다. 여성의 오르가즘은 리드미컬한 강도의 자극으로 기저치로 부터 한 단계씩 레벨업 할 수 있다. 편집된 성인용 동영상에서 보듯 무한정 삽입행위에 집중한 성관계란 존재하지 않음을 교육하고 처음부터 잘못 셋업된 성행동의 근본적인 변화를 유도하는 교육적 상담을 진행한다면, 조루증으로 고민했던 환자들의 이해도 빠르고 결과도 매우 만족스러울 것이다.

여성만의 시각도 편견일 수 있다. 소설 '11분'에서의 성을 파는 여성들의 생각으로 보면 세상 모든 남자들은 오로지 매일 11분만을 위해 산다고 하고, 또한 남자들은 모두 그것을 위해 많은 돈을 지불할 준비가 되어 있다고 하는 것이다. 하지만 실제 성은 소설 '11분'에서처럼 그렇게 '몸'만으로 하는 것이 아니다. 부부간의 성은 대화를 통해 느낌을 확인해야 친밀한 느낌이 그대로 성행동에 투영되어 업그레이드될 수 있다.

'사소한 것에 목숨 걸지 마라'의 리처드 칼슨이 '행복에 목숨 걸지 마라'에서 사람들이 너무 분주하게 행복을 좇고 있는 것에 대해 이렇게 말했다. '만약 그들이 속도를 줄인다면 행복이 그들을 따라잡을 거예요.' 행복은 먼 곳에 있지 않다. 누구나 잡을 수 있는 곳에 있다. 하지만 그것을 붙잡는 한 가지 비결은 붙잡기를 멈추는 데 있다.

성적인 행복도 먼 곳에 있지 않다.

'속도를 줄이고 붙잡기를 멈추면 된다!'

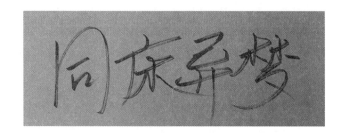

자기사랑

자기애적 성향(自己愛的 性向)

37세 독신남 C씨가 면담 신청을 하였다. 정상적인 사회생활을 하고 있는 건강한 남성인데, 남녀 교제는 전혀 해본 적이 없다. 자신은 직장생활에 바빠서 그런 것 같다고 하면서, 성적 흥미도 별로 없다고 한다. 면담을 시작할 때 가득한 웃음은 청소년기와 청년기의 성행동에 대한 구체적인 질문에 점점 사라져 갔다. 자신이 매일 빠져있는 자극적 동영상과 매일 1회 이상 참을 수 없는 강박적 자위행위를 마음 한구석 힘들어 하면서도, 30대 후반에 아직 적극적으로 이성교제를 하지 못하는 원인을 자신의 '병적인 성행동습관'과 연관 짓지 못하고 있었다.

25세 백수 남성이 진료실을 찾았다. '아래가 얼얼하다'고 한다. '저는 자위중독입니다!' 여자와 교제해 본 적도 없고, 하루도 자위행위를 안 할 수는 없다고 한다. 상담 내내 눈을 마주치지 못한다.

매년 성상담하는 젊은 남성이 늘어나면서 공통적으로 상담하게 되는 내용이 지나치게 빠져있는 중독성 자위행위이다. 성의학적으로 자위중독(自慰中毒) 환자를 〈자기애적 성향(自己愛的 性向: autosexual orientaion)〉이라고 표

현한다.

자기애적 성향을 가진 사람은 특이하면서도 과격 성향의 자위행위에 자주 몰두하는 경우가 많다. 국내에서는 이불이나 단단한 물체에 성기를 비벼대는 방법으로 자위를 하는 경우가 많고 외국에서는 진공 음압이나 샤워기, 목욕 욕조의 강한 물줄기를 이용한 자위를 통해 자극을 하는 사례들이 보고된다.

이들이 경험하는 특이한 자위행위(idiosyncratic masturbation)는 성상대자와의 신체적인 접촉으로는 재현할 수 없으며 그 강도로 자극할 수 있는 방법이 없는 경우가 많다.

더욱이 '쉽게 사정을 하지 못하는' 지루 환자들 중의 대부분은 상당한 속도, 압력, 시간, 강도의 자극으로 오르가즘에 도달하는 역치(threshold)에 도달하곤 한다. 이는 성상대자와의 성관계 정도의 자극으로는 도저히 재현될 수 없는 역치가 된다.

또 하나의 지루증 환자의 발생원인은 현실적인 성상대와의 성행위와 자신이 성심리적으로 가진 성적인 환상 간의 간극이 큰 경우이다. 점차 쉽게 성적인 자극을 유발하는 동영상에 쉽게 노출되면서, 빠져드는 '자신만의 성적인 환상' 이외에는 오르가즘에 도달하지 못하게 된다.

즉, 자주 몰두하게 되는 특이하면서도 과격 성향의 자위행위와 동반한 환상과 성상대자와의 커다란 간극이 벌어지면서 흥분장애와 사정장애의 원인이 된다. '오르가즘에 도달하는 방법의 장애'가 이차적인 성기능장애를 유발하게 되는 것이다.

비뇨기과 의사회 학회에서 지루증에 대한 강의 후에, '치료약'이 있냐는 좌중의 질문을 받은 적이 있다. 대부분의 비뇨기과 의사 선생님들이 아직도 지루증 환자가 오면 '복 받았다고 생각하세요!' 하고서, 시간이 길어지면 발기가 죽어버리니 발기부전 치료제를 쓰시라고 하고 처방을 한다고 한다.

필자가 아무리 흥분장애와 사정장애의 원인이 오르가즘에 도달하는 방법의 문제로 〈이차적인 성기능장애〉를 유발하는 것이라고 강조해도, 어느 후배 의사는 진지하게 '조루증 환자보다 훨씬 좋은 거 아닌가요?'라고 묻기도 한다. 하지만 조루증 환자는 사정이 가능하고 오르가즘을 달성하는 반면 지루증 환자는 사정이 불가능한 경우가 많아서 성적 만족도는 훨씬 낮은 상태로 상담하게 된다.

지루증과 같은 '흥분장애나 사정장애' 환자는 우선 〈자기애적 성향: auto-sexualism)〉 여부를 감별하여, 여기에 특이한 자위행위(idiosyncratic mastur-bation) 동반에 따라 기질적인 성기능장애에 대한 평가를 결정하고, 다른 원인으로 성상대와의 성행위와 심리적 성적인 환상의 병적인 부조화도 상담해야 한다.

그리고 전체적인 치료계획 전에 효과적인 치료를 위한 금욕기간의 교육과 상담, 그리고 점진적인 감각집중훈련(sensate focus exercise)을 시행한다.

그 외에도 탈모치료제나 신경정신과 약 등, 현재 복용하는 다른 약물들이 장애의 원인에 관여하는지도 평가하고 나서, 사정감각에 도움이 되는 약물치료를 시작한다.

32세 약리학 박사과정의 연구원이 상담을 신청했다. 일정한 성상대자가 있고, 자신의 가장 힘든 문제가 지루증과 오랜 성교시간과 동반된 발기 유지 불능이라고 했다. 현재의 애인이 성교통도 있고, 자신에게 사정하지 못하는 것에 너무 실망하고 있어서 심리적으로도 고통 받고 있다고 한다. 그런데 이 환자는 스트레스로 '우울증'이 있다고 하는데 자기가 아는 바도 현재 복용하고 있는 항우울제가 사정을 지연하게 하는 것으로 생각된다고 하였다.

상담을 해보니 대학시절부터 조금만 스트레스를 받으면 하루에 여러 번 자위행위를 하는 자기애적 성향이 생겼고, 게다가 반복되는 자위행위에 사정이 잘 되지 않아서 점점 손으로 강한 압박(squeezing)을 가하는 특이한 자위행위(idiosyncratic masturbation)까지 반복하고 있었다. 최근에는 박사과정 후 진로 때문에 '수면장애'까지 생겼다고 한다. 금욕기간에 대한 설명과 항우울제 교체, 수면장애 치료를 위해 정신과 선생님께 상담내용과 함께 의뢰서를 자세히 써서 보냈다.

이 경우, 단순한 자기애적 성향과 특이한 자위행위만 있는 경우가 아니지만, 환자의 치료의지가 강해서 약물치료와 감각집중훈련도 잘 진행되었다.

감각집중훈련은 자위행위의 감각 초점이 되는 여성의 소음순과 상동기관인 귀두 밑의 소대(frenulum)를 윤활상태로 최소한의 자극으로 감각을 집중하도록 한다. 감각역치의 심한 훼손환자는 1년 이상에도 집중훈련이 어려운 경우도 있지만, 단순한 자기애적 성향에서는 금욕과 본인 훈련으로 쉽게 호전될 수 있다.

혼자 사는 세상이다. 가족 만찬 장소에서 개개인의 식사 모습을 보았는가? 부-모-자-녀 각자 스마트폰을 들여다보며 각자 자기 접시를 비우는 모습을 흔히 본다. '혼밥', '혼술'의 세대가 무엇을 의미하는가?

필자가 만들어낸 새로운 성의학 용어가 있다.

'혼자: 혼자 자극(刺戟)'에서 나온 〈혼자〉이다. 성상담 차트에 〈혼자〉라고 기록된 환자들은 상담시간이 길어진다.

아들이 소개한 수많은 아들의 친구들이 다 〈혼자〉 중독 환자였다. 성의학적으로 자위중독(自慰中毒) 환자를 〈자기애적 성향(自己愛的 性向: autosexual orientaion)〉이라고 표현한다고 서두에 언급했지만, 이제 한국 성의학에서는 〈혼자중독 환자〉를 위한 학회가 만들어져야 할 지경이다.

25년 전 특이하게도 엎드려서 성기를 비벼대는 방법으로 자위를 하여 심각한 성기능장애가 발생했던 내과 선배가 〈혼자〉의 내막을 알려주고 이후에 많은 환자들과 〈혼자〉를 상담해서, 전체적인 치료계획을 집중적으로 시행하게 되었다. 그동안의 임상경험이 필자에겐 크게 감사드릴 일이다.

성의학의 제1격언은 〈孤掌難鳴: 孤掌难鸣, 고장난명〉이다. 혼자 힘만으로는 어떤 일을 이루기 어렵다.

야동중독

〈혼자〉: 혼자 자극(刺戟)

　　30대 후반의 동갑내기 커플이 심각한 얼굴로 진료실에 들어왔다. 아내와 남편은 정상적인 맞벌이 직장생활로 외형적으로는 건강한 부부다. 2년 전 결혼한 이 부부는 속을 들여다보면 기가 막히는 사연을 가지고 있다.

　　남편은 사춘기 동안 자위행위를 경험한 바도 없었다고 하며, 두 사람은 결혼 후 한두 차례의 성관계로 임신이 되어서 아기를 출산하게 되었다. 그러던 지난 연말, 남편은 음란물을 보며 몰래 자위행위를 시작하였고, 이제는 부인 몰래하던 행동을 부부관계는 중요하지 않다고 하면서 공개적으로 몰두하고 있다. 남편은 부인과 해야 되는 성관계는 발기강직도도 유지가 잘 안되므로 자신이 혼자 하는 행위에 충실하고 싶다고 한다. 또한 자신은 충분한 강직도를 가지고 자위행위를 꾸준히 매일 할 수 있기 때문에 절대 성기능장애 환자가 아니라고 주장한다.

　　사춘기 때의 행위 여부를 떠나 현재 환자는 '자기애적 성향(自己愛的 性向)'으로 기질적인 성기능장애는 동반되지 않았어도, 아내와 자신의 성적인 환상간의 차이가 너무 커져버린 심각한 상태인 것이다. 상담을 통해, 결혼생활을 유지하는 부부관계에서 아내의 성적인 만족에 대한 배려가 없는 성생활의 문제점을 인식시키고 나서 한 달 후 면담에서 더 황당한 일이 벌어졌다.

직접적인 관계는 해야 하겠고, 성적 환상은 필요하니 데스크탑 모니터 앞에서만 성관계를 고집하는 상황이 되었다. 이 상담이 상당히 오래전의 일이라 요즘 같은 모바일 시대에는 슬쩍 침대 위에서 해결하고 피해갈 수 있을지도 모르겠지만, 적절한 성적인 성숙과정이 얼마나 중요한 일인지 실감하였는데 남편의 성적 성숙도로 보아서는 결혼생활의 유지가 어려운 상황이었다.

성기능장애 환자들 중 음란물과 자위행위〈혼자: 혼자 자극(刺戟)〉에 빠져 발생하는 '지루증' 환자도 증가 추세인데 이 역시 자극의 강도가 훈련된 역치에 미치지 못하는 일종의 성기능장애라고 할 수 있다. 세상 사람들이 음란물의 폐해가 청소년에게 미치게 됨을 안타까워하는 동안, 청장년〈혼자〉들의 음란물 유발 성기능장애라고 하는 심각한 결과를 초래하고 있다. 성인이라 해도 음란물에 반복 노출되는 것은 '19금 성인인증'이 통과되었다고 안전한 것이 절대 아닌 것이다.

성인이 만든 음란물의 피해가 어린 학생들에게까지 고스란히 전달되어 대규모의 초등학교 성범죄가 일어난다는 소식에 놀라움을 금할 수 없다. 뒤늦게 차단장치를 하네, 학교 내에 폐쇄회로를 설치하네 떠들어 대지만 전 국민이 접하는 음란물은 차고 넘치는 세상이다. 청소년들의 피해가 크다고 걱정들 하지만, 비뇨기과 진료실에서 성기능장애 환자들을 보면 음란동영상에 접한 성인들에서도 이제 누적된 피해가 나타나고 있음을 알게 된다.

성의학회에 보고된 음란물에 노출된 성인에서 나타나는 '성도착증'과 '강박적 성행동'은 4가지 정도의 형태로 나타난다. 이는 이성간의 관계를 형성하고 있는 사람에서 반복적으로 장시간 음란물에 노출되었을 때, 자신의 성 상대자와 동떨어진 감정적 불륜행위에 노출된 결과로 설명될 수 있다. 또한

반복적으로 변태적인 성행위에 노출됨으로써 정상적인 자신의 성행동 감각을 잃어버리거나 외형적 성기에 대한 망상적 생각을 가질 수도 있다.

1) 성상대자와의 친밀감 속에 이루어지는 성행동에 대한 성욕저하

욕구저하는 자신의 성상대자와의 행위뿐이며 오히려 자위행위나 성적인 공상은 너무 지나쳐서 자신의 생활리듬을 그르치는 경우에 해당한다. 성상대자에 대한 성적 배려도 없어지기 때문에 일차적으로 관계갈등으로 표출되어 이차적인 심인성 발기부전이 동반되기도 한다.

2) 선택적 발기부전

성상대자와의 성교 중에 발기가 끝까지 유지되지 않는데, 자위행위 시에는 정상적인 강직도를 유지하고 만족하는 현상이 나타나는 '자기애적 성향(自己愛的 性向)'에 빠지기 쉽다. 점차 불만족한 상대자와의 성관계를 회피하고 자위행위에 더욱 몰두하는 경우가 많다.

3) 지루증

성상대의 질내 압력에 의한 성적 감각역치가 자신의 자위행위 압력에 못미치고, 일상적인 성적 자극이 도착적 성자극에 미달하기 때문에 강한 자극에 대한 노출이 반복될수록 증상은 악화된다.

4) 성적 이상형과 매춘적 상대와의 이분법적 해리현상

성경험이 많지 않고 성상대에 대한 이상적인 모델을 가진 경우 성관계에 대한 진실성 및 성실한 감정을 상실하게 되는 현상으로 애정이 동반된 진지한 성행위의 가치를 점차 잃어버린다. 성환상이 혼동되는 상태가 된다.

한국사회 청소년들의 첫 성경험의 연령이 낮아지고 있다는 기사를 접했다. 중고생 가운데 성경험이 있는 학생 비율은 5.3%에 이르고 이들의 성관계 시작 평균연령이 13.6세인 것으로 나타났는데, 비록 성 경험이 있는 10대들을 대상으로 한 조사이긴 하지만 10대 학생들이 이처럼 일찍 성에 눈을 뜨게 성인이 만든 음란물의 피해가 어린 학생들에게까지 영향을 미친 바가 크다고 하겠다. 인터넷시대에 정보의 홍수를 막을 길이 없다. 전 국민이 접하는 음란물은 차고 넘치는 세상에서 이러한 현상이 조기 성경험, 10대의 임신 등 청소년기의 부작용으로만 나타나는 것이 아니라 성인이 되어서도 '건강한 성'을 누릴 기회를 앗아갈까 걱정이다. 청소년에게 노출된 음란물이 성인에서 성기능장애를 초래하고, 이는 미래의 건강한 가정과 사회의 무서운 걸림돌이 될 수 있다.

성의학적인 야동중독 치료영화 〈돈 존(Don Jon: 2013)〉은 자신의 욕구만 해소하는 대상으로의 성교와 대상과의 교감이 소통을 하게 되는 성생활이 얼마나 그 가치를 달리하는지 '상담 〈혼자〉*환자들에게 보여주고픈' 영화이다.

조셉 고든 레빗 감독, 주연에 스칼렛 요한슨이 등장하는데 첫 장면부터 호기심을 유발하는 야동이 번쩍이고, 필자는 한 번도 가보지 못한 클럽에서의 젊은 남녀의 헌팅과 베드신이 신선하고 재미있다.

반전은 섹시한 클럽녀 '바바라(스칼렛 요한슨)'가 등장하고, '바바라'라면 자신의 야동중독증도 없어질 것이라고 다짐하지만, 그녀와 잠자리를 가진

---

* 〈혼자〉: 혼자 자극(刺戟), 자기애적성향(自己愛的性向), 자체성감(自體性感)

후에도 야동생각이 끊이질 않는다. 이 때, 겉모습이 아닌 참된 인간적인 모습으로 호감을 느끼게 되는 연상의 여성이 그에게 '교감'이라는 단어를 일깨워준다.

성행위는 욕구해소의 탈출구가 아니라, 사랑하는 사람끼리 할 수 있는 최고치의 '교감행위'라는 것을 깨우쳐야 한다.

성적(性的)인 성숙이 인간을 다른 차원의 삶으로 살아가게 한다.

이것이 성의학이 환자들에게 전달하고자 하는 메시지인 것이다.

사람 사는 세상인데 사람사이의 거리는 멀어지고, 허공에 떠도는 '차세대 이동통신 5G'의 속도는 드디어 인간의 뇌신경 반응속도를 능가하는 거리에 인류를 몰아붙이고 있다는데 우리의 '교감행위'에 약이 될지? 독이 될지?

부부생활

색불근신 병후회(色不勤愼 病後悔)!

성선설과 성악설 이야기를 부부이야기에 갖다 대는 게 엉뚱할 수도 있지만 비록 '성(性)'이 성품(性品)에 관한 의미이더라도 일단 '성(性)'이야기 이므로 엉뚱한 우스개 소리를 하나 만들어 본다.

맹자는 '군자로서는 남과 함께 선(善)을 행하는 것보다 더 중요한 일이 없다', '사람의 성성품이 선(善)한 것은 마치 물이 아래로 내려가는 것과 같다. 사람치고 선하지 않은 사람이 없고, 물치고 아래로 내려가지 않는 물은 없다'라고 성선설을 옹호하였다.

순자는 인간의 본성이 비록 악하지만 선하게 교화될 수 있다는 의미로 '근원이 깨끗하고 맑으면 그 흐름도 깨끗하고 맑다. 근원이 흐리고 탁하면 그 흐름도 흐리고 탁하다. 모든 것은 근본을 바르게 해야 하는 것이다. 위가 바르면 아래는 저절로 바르게 되는 것이다'라고 하였다.

인간의 유한한 생각으로 본질이자 영성인 성품에 대해 결론과 단정을 내리는 것은 가능하지도 않겠지만 '성품' 말고 오늘 날 문제되는 'Sex(性)' 이야기에 대해서는 성현들의 말씀을 변칙 인용해도 무방할 것 같다.

　'군자로서는 남과 함께 '성(性)'을 행하는 것보다 더 중요한 일이 없다', '사람의 Sex(性)가 선(善)한 것은 마치 물이 흐르듯 자연스러운 것이다. 사람치고 Sex(性)하지 않는 사람이 없다.' 고로 Sex(性)는 선하다. 한편으로 인간의 Sex(性) 본능이 비록 악하지만 선하게 교화될 수 있는데 'Sex(性)가 깨끗하고 맑으면 그 결과도 깨끗하고 맑다. Sex(性)가 흐리고 혼탁하면 그 결과도 흐리고 탁하다. Sex(性)란 모름지기 근본을 바르게 해야 하는 것이다.'라고 할 수 있다.

　〈주자십회훈: 朱子十悔訓〉에 비뇨기과 경구가 있다.

꙰

'색불근신 병후회(色不勤愼 病後悔)!'

꙰

　큰 감동의 책, 칼 필레머 작 '내가 알고 있는걸 당신도 알게 된다면'은 수많은 사람들이 말하는 답 중에서 1,000명이 넘는 70세 이상의 현자들이 전하는 인생의 30가지의 지혜를 모은 책이다. 즉 우리 삶에서 가장 중요한 핵심적인 가치들만을 걸러낸 것인데 그중 첫 번째 가치가 '결혼'이다. 현자들이 제시한 인생의 첫 번째 가치에 대해 성공적 결혼을 생각하면, 대부분 사랑과 성을 떠올리게 된다. 이들은 쉬운 것 같아도, 막상 따지고 들면 모순된 부분이 많아서 마구 타오를 땐 영원할 것 같지만 곧 식어 버리고 만다. 열렬했다고 믿었던 관계가 어느덧 권태로운 사이가 되기도 하고, 한쪽이 뒤늦게 시동이 걸리는 경우도 있어 박자가 안 맞는 경우도 있다.

탈무드에서는 인생에 늦어도 상관없는 두 가지를 결혼과 죽음이라고 했다. '결혼은 미친 짓이다!'라는 영화도 있었다. 결혼은 결코 쉬운 결정이 아니다. '영원한 것이란 없는 것이다.'

그래도 많은 사람들이 영원한 사랑을 꿈꾼다. 그런데 현실은 어떤가? 사랑은 쉽게 시들고 만다. 부부가 백년해로하기 위해서는 어떤 사랑을 해야만 할까? 영원을 꿈꾸는 사랑에는 조건이 있다. 사랑에는 3가지 측면이 있는데 일상적, 성적, 정신적 차원이 맞아야 오래 유지될 수 있다고 한다. 즉 행복한 결혼 생활의 열쇠는 어울리는 배우자를 선택하는 것이다. 갈수록 쉽게 이혼하는 현실에서 행복한 결혼생활의 의미는 어떤 것일까. 놀라운 것은 30년에서 50년 이상 결혼 생활을 한 사람들이 결혼생활에서 가장 중요하다고 지목한 요소는 사랑이 아니라 '가치관의 공유'를 말한다. 또한 결혼 생활을 유지하는 방법은 50대50이 아니라 두 사람 모두 상대에게 항상 100퍼센트를 주는 것이라는 것이다. 왜냐하면 상대가 나와는 전혀 다른 삶을 살아서 살아온 사람이라는 것을 이해해야 하기 때문이다.

우리 영화 역사 속 영원한 여주인공 김지미씨는 화제를 뿌리며 4번의 결혼 4번의 이혼을 하고 현재는 딸과 손주들과 즐거운 인생을 사시면서 어느 월간지와 인터뷰를 하였다. 인생을 돌아보며 남자에 대한 평을 하였다.

'남자는 다 어린아이 같았다.'

여자와 사랑 그리고 결혼에 대해 인생 후배들에게 조언한 말씀을 요약해 보았다.

'여성에겐 사랑할 권리가 있다.'

'유명하고 파워있고 능력있는 남자가 가정을 행복하게 한다고 생각하면 오산이다.'

'인간 대 인간으로 만나 가장 편안한 상대와 만나 결혼해야 행복할 수 있다.'

'집안이 훌륭하고 돈이 많으면 불행하다.'

'남자의 장래에 희망을 걸 수 있으면 오케이다.'

그녀가 4번의 결혼 4번의 이혼을 하고 돌이켜 본 결혼 행복관이다. 역시 사랑은 결혼에 골인하게는 하지만, 결혼 지속의 조건이 아니었다. '편안함'이 가치관의 공유와 동의어로 느껴진다.

세상에 가장 좋은 삶이란 없다. 완벽이란 행복의 반대말이므로 완벽해 보이는 결혼은 결코 행복과 동의어가 될 수가 없다. 인간의 유한한 생각으로 성품의 본질을 선이다 악이다 할 수 없듯이 결혼의 본질이 성이다 가치관이다 할 수 없다. 그러나 비뇨기과의사의 판단으로는 나이든 현인들이 더 중요하다고 지적한 '인생의 가치관'만큼이나 '성적 가치관'이 함께 중요하다.

10여 년 전 이야기다. 48세 남성이 남성수술 상담을 하러 왔다가 추가로 정관수술까지 하길 원한다. 정관수술은 기능적으로 영원한 불임을 만드는 수술이므로, 부부간에 불임을 목적으로 하는 수술임을 이해했다는 특별수술

신청서를 받는데, 환자는 분명히 서명하고 부인이 동의했다고 하고 수술을 시작했다. 수술이 잘 끝났다고 이야기하고 진료실에서 다시 환자를 만났을 때 환자의 황당한 말,

'수술에 동의하지 않은 부인이 있어요!'

이게 웬 말인가? 듣고 보니 부인이 4명이란다. 아이들은 7명. 무역회사를 운영해서 해외에 많이 거주하는데 부인은 미국에 한 명, 한국에 두 명, 중국에 한 명이 있다고 한다. 부인 넷 모두 사이좋게 잘 지내는데, 셋째 부인과 막내 부인이 하나씩 더 낳겠다고 싸우는 바람에 정관수술을 감행하였으니 괜찮다는 것이다.

이후, 환자분이 병원에 내원하시면, 필자는 병원 입구까지 나가서 정중히 인사드리고 형님으로 모시고 있다.

72세 중년께서 평생 조루증을 보상하기 위해 매번 두 번씩 성관계를 해왔고 지금도 성기능에는 전혀 문제가 없다고 하신다. 그런데 요즘 들어 두 번째 관계 후의 피곤함이 문제가 되어서 오셨다고 한다. 전립선 검진과 함께 '갱년기 검진'을 하면서 지금까지 건강을 어떻게 유지하셨는지 정중하게 여쭤 보았다. '스승'으로 모셔야 할 분이다.

70세 중년께서 50세 부인이 있기는 한데 35세 애인이 생겨서 힘겹다고 성기능개선을 위한 치료를 시작하시겠다고 한다. 수술은 가능하냐고 물으신다. '비결'을 여쭙고 싶은 중년이다.

필자는 하루 종일 의자에 앉을 수가 없다. 인사를 드리고 경청해야 할 말씀을 해주시는 분들이 너무 많이 오시기 때문이다.

66세 젊은 남성이 진료실에 들어섰다. 굳이 '젊은 남성'이라는 표현은 그만큼 청년으로 보이시는데, 직업은 '춤선생님'이시다. 파트너가 너무 많아서 이를 다 감당하는 것이 앞으로의 건강에 좋을지 나쁠지 건강 상담을 하러 오셨다. '건강에 좋은 것'이라고 말씀드리고, 춤을 잘 추는 방법을 배울 수 있

는지 물어보고 싶었다.

80세 할아버지께서 올해부터 정력이 감퇴되었다고 처방전을 받으러 오셨다. 오실 때마다 너무 약에 대한 반응이 좋다고 90도로 인사를 하시는 통에 민망해서 항상 나도 벌떡 일어나 같이 경례를 하는데, 인사하시면서 하시는 말씀 '좋은 거 하십니다!'라는 격려 말씀이다. 우리 아버지도 똑같은 말씀하신다고 대답해 드리고 싶었다.

40대 부부가 와서 부부간의 '성행동의 가치관 차이'로 진료실 상담 중에 토론을 시작하였다. 하루에도 6번을 요구하니 짐승이라는 부인, 자신은 지금껏 하루건너 격일로 요구한 것뿐이라는 남편, 둘이서 싸우는 장면은 꼭 동영상을 찍어 놓았어야 하는 명장면이었다. 요지는 하루건너 성관계를 요구하여 그때마다 한번에 6회의 성관계가 이루어졌다는 말씀이었다. 비뇨기과 동료들에게 진료실 이야기를 하니 '그런 일이 있겠냐고'들 하는데, 사실 필자는 진료실에서 상담하다가 의자째로 뒤로 넘어질 뻔하였다.

57세 남성이 4년 동안 매달 꾸준히 발기부전 치료제를 처방받으시는 분이 있다. 장기적으로 처방받는 경우 불규칙한 처방이 대부분이라 사연을 물어보았다. 본인은 힘들어 죽겠는데 한 달이면 정확히 생리기간 빼고 부인이 매일 성관계를 요구하기 때문에 규칙적으로 처방전을 받지 않을 수 없다는 사연이다. 측은한 마음이 드는데, 그리고 보니 홀쭉해진 뺨이 두드러져 보였다. 운동도 열심히 하시고, 사업도 잘 된다고 하시고, 그래도 격려하며 잘 지내시던 중에, 최근에 나쁜 소식을 전해주셨다. 부인이 폐경이 되면서 생리기간이라는 휴식기가 없어졌으니, 쉬지 않고 매일 관계를 이어갈 앞날을 생각하니 '눈앞이 캄캄해 진다.'는 하소연이다. 오, 하늘이시여(哦, 天啊)!

64세 남성이 발기부전으로 내원하였다. 유병기간은 15년. 직업은 본인 말씀으로 '건강연구가'라고 하신다. 6세 때 출가하셨고, 20년 정진하신 후, 재야 침술 민간요법을 전하시는 분이다. 주특기는 '발기부전 침술 치료'이시다.

게다가 요즘은 '건강 연구 강의 강사'로 활동하시는데, 자신이 차마 자가침술을 시행치 못하고 고민하던 부인의 엄명이 떨어졌다고 한다.

'비뇨기과 진료를 받으시오!'

출가하신 분이 부인의 명으로 오셨다는 게 좀 이상하긴 하다.

검사해보니 갱년기가 심하게 오셨네요. 중이 제머리 못깎는다〈和尙难剃自己的头〉.

간혹 신혼의 성기능 장애의 환자에서 발견되는 〈질경련증: Vaginismus〉 환자들이 있다. 30대 초반 신혼부부는 둘 다 성경험이 없었다. 9개월이 되었어도 사랑하는 아내가 성관계만 하려고 하면 아프다고 하니, 삽입이 불가하여 용기를 내어 비뇨기과를 찾아왔다. 자신이 '발기부전 환자'이므로 치료해주십사고. 그러나 신랑은 전혀 이상소견이 없었고, 신부의 내진 검사에서 조심스런 질경검사에서 진찰기구가 삽입이 불가능할 뿐더러 긴장감에 출혈을 보인다. 드물게 발견되는 질경련증은 성관계중 삽입상황이 종결되지 않아 아주 곤란한 상황이 벌어지기도 하는데 여성에 대한 항불안 치료요법이 치료의 첫 단계이다.

40세 여자 환자가 기침할 때 소변이 새는 '복압성 요실금 수술'을 하면서 출산 후 이완된 질벽에 대한 성형수술을 동시에 원하였다. 속칭 '이쁜이수술'을 하고난 후 1달간은 성관계를 하면 봉합사가 터져버리는 경우가 있기 때문에 남편과의 부부관계를 조심하도록 설명한다. 그런데 이 환자가 2주 만에 출혈된다고 해서 보니 수술봉합자리가 다 터져 있었다. 관계를 조심하도록 했는데 어떻게 된 일인가 물었더니 '남편'하고는 절대 하지 않았고, '남친'과만 했다는 주장이다. 봉합하고 또다시 한 달 동안 아물릴 계획을 하자고 했더니 한숨을 푹 내쉰다. 결국 다시 꿰매기로 하고 수술실에서 수면마취를 하였는데 환자가 계속 비몽사몽간에 외쳐댄다. '더 좁게!, 더 좁게!' 수술실 간호사가 쓰러질 지경이다.

비뇨기과 진료실에서 상담을 하다보면 극단적인 사례들의 연속이다. 성의학자들이 성적인 고민을 지칭하는 말 못할 괴물(unspeakable monster)의 표현이 오랫동안 담아온 짐이라면, 성기능에 대한 면담을 하다가 환자들이 내려놓는 성적(性的) 사생활은 필자도 감당하기 힘들 때가 많다. 진료실 의자도 많이 부러졌고, 잇몸을 깨물다가 구강점막이 많이 상했다.

심각도를 공감하기 힘든 성적(性的) 익스트림(極限)도 다수이고. 상담경험을 쌓으면서 많이 훈련했다고 하는데도 표정관리가 힘든 경우도 있다.

백영옥 작가의 사랑에 관한 이야기 '그냥 흘러넘쳐도 좋아요'에 사랑에 대한 질문에 대한 '우문현답'이 소개되어 있다.

'사랑 참 어렵죠. 같이 있으면 괴롭고 혼자 있으면 외로울 테니, 괴로움과 외로움 중 무엇을 선택할지 고르면 됩니다.'

알랭 드 보통도 '독신에는 외로움이, 결혼 생활에는 숨막힘과 노여움, 좌절이 따른다'고 하였고.

노벨평화상 넬슨 만델라는 모진 역경을 이겨내고 인종차별의 가해자들을 용서한 평화주의자임에도 '내가 이겨내지 못한 유일한 사람은 나의 아내였다!'라고 했죠.

헤비급 세계 챔피언 무하마드 알리도 이렇게 말했다. '가장 힘든 싸움은 첫 번째 아내와의 싸움이었다.'

제 4 장

虎視眈眈 오르가즘
호　시　탐　탐

비아그라

블루 다이아몬드(Blue diamond: Viagra)

'저는 비아그라도 안들어요!'

진료실에 들어서는 중년들은 비아그라 한 번씩은 드셔보시고 오셨다는데, 오리지날 비아그라를 드신 분은 거의 없다.

대부분은 짝퉁을 드셨고, 처방을 받은 복제약이라고도 해도 비아그라는 '기름진 음식이나 음주 후'에 드신 경우, 효과가 현저히 떨어진다는 기본적인 복약지도를 들어본 적이 없다는 분이 많다. 어느 날은 듣고, 어느 날은 안 듣는다는 분들도 비슷한 경우가 많다. 충분히 효과를 보실 분들이, 자기는 '비아그라도 안 듣는 남성'이라고 자조(自嘲) 섞인 푸념이다.

국내에서 처음으로 국제 임상시험 기준에 맞추어 허가임상을 진행하고 식약청허가를 받은 약물이 발기부전 치료제 '비아그라'이다. 처음 임상시험을 맡아보고 나니, 신약의 허가 과정이 까다롭기 이를 데 없다. 결국 '얼굴 붉어짐'의 부작용이 외국보다 높다고 지적되어, 심전도를 필수로 하고 첫 해 '반용량 50mg'으로 허가임상을 마무리하고 1년 동안 추가 자료를 통해 현재의 비아그라 100mg이 허가되었다. 지나고 보니 한국인에서는 비아그라 복용

후의 15%에 가까운 '홍조: 얼굴 붉어짐'가 서양인의 두 배 이상 된다는 경험이 실제 느껴진다.

Viagra 상품명의 어원은 'Vigorous as Niagara' 즉, '나이아가라 폭포처럼 강력한 혈류'라는 뜻인데, 어떤 이는 프랑스 요리 '푸아그라'를 연상하여 이에서 유래한 정력제라고 오해하기도 한다.

군의관 생활을 마치고 대학병원에서 임상시험 보고자료에 참여했던 추억의 약물이 2012년 특허기간이 만료된 이후, 여러 형태의 국내 복제약이 쏟아지고 있다. 매스컴에서 다루기 힘든 성의학 관련약물로, 사회문화적인 이슈가 된 비아그라는 20년간 사회문화적 화두로 자리잡게 된 연한 청색의 경구약물이다.

비아그라에 대해 '화이자'제약사에서 자사제품을 지칭할 때의 별칭을 '블루 다이아몬드(Blue diamond: Viagra)'로 하였고, 의료보험 제도권을 벗어난 '일반 처방약'으로 세계적인 글로벌 회사에 효자 노릇을 톡톡히 하였다.

비아그라를 필두로 동아제약과 SK 등 국내회사들이 줄지어 신약을 개발하고 발기부전 치료제의 세계특허를 획득하여 '대한민국이 발기부전 약물치료 분야를 선도하고 있다는 자부심'이 크다. 아직 국내 개발 약제들의 특허기간이 만료되지 않아서 약가 문제로 대중 인지도가 낮지만, 다양한 제품이 쏟아지면서 발기부전 치료제를 일반의약품 정도로 가볍게 여기는 풍조가 생기고 있고, 비뇨기과 진료실에서는 약 처방 문의가 끊이질 않는다. 문제는 발기장애를 스스로 진단하고 약만 처방해 달라고 요구하는 환자가 늘고 있다는 점이다.

대표적인 환자들의 처방 요구가 비아그라의 국내 복제약인 '팔팔(88)'이다. '팔팔'은 팔팔한 남성을 연상하게 하는 엄청 성공한 광고카피이긴 하지만 많은 환자들에게 약국에서 추천하는 어정쩡한 복제약으로 한동안 구설수에 오를 수밖에 없었다.

팔팔은 비아그라 복제약임에도 불구하고, 약국에서 상품명에 익숙해진 환자들은 국내 개발 신약 정도로 생각하여, '비아그라는 듣지 않는데 팔팔은 좋습니다, 팔팔 주세요!'라는 환자들이 처방전을 달라고 하신다. 40~50대 남성이 발기 강직도는 떨어지고, 약국 문의를 했더니 비뇨기과에 가서 처방전을 받아오라하니, 큰 마음먹고 진료실 문을 두드리신 것이다.

"어떤 문제로 오셨나요?"

이 질문에 반은 '비아그라' 처방 받으러 오셨다 하시고 반은 '팔팔' 처방해 달라신다.

"비아그라를 드셔 본 적이 있나요?"

이 질문에 환자들은 대부분은 친구가 건네준 약 반 알을 먹었는데, 아주 효과적이어서 오신 것이고, 일부는 복용을 해 본 적이 없는데 약국에서 '팔팔' 처방전을 받아오라고 해서 온 경우이다.

처음 방문한 환자들에게는 필자 나름의 사명감으로 '시간을 할애해서' 발기부전이 '이렇게 젊은 나이'에 시작되는 원인이 무엇인가 분명히 있을 것임을 설명한다. 가장 흔한 대사증후군의 복부비만, 고지혈증, 혈압, 당뇨 등의 위험인자나 지나친 술담배, 운동부족, 업무 스트레스, 생활리듬 등의 생활습관 관련된 요인을 설명하는데 10분, 마음의 부담이 생겨 생기는 불안 장애에서부터 신경정신과적 위험요소 5가지 설명하는데 10분 해서 20분을 자신을 돌아볼 수 있는 시간을 가지라고 설득한다.

처방전을 원하시는 분들에게 이렇게 장황하게 설명하는 이유는, 필자가 20년 전 비아그라 임상시험을 하고, 20년 동안 환자들을 통해 느낀 점이, 발기부전 환자에게 약을 그냥 처방하는 것은 열나는 환자에게 타이레놀이나 아스피린을 주는 것이나 마찬가지라는 생각이기 때문이다. 상담에서 발견된 위험인자가 명백한 환자는 그에 맞춘 검진과 처방을, 그리고 설명을 다 듣고 본인은 특별한 이유가 없다고 생각한다고 하면 그냥 처방전을 발행한다.

처방전만 발행하는 환자에게는 다시 5분 동안 국내에서 처방 가능한 약물

6가지의 특장점과 복약지도 설명을 통해, 적절한 복용에도 효과가 없는 경우 2차 치료계획을 위한 상담이 필요함을 알리고 본인이 선택한 약물을 처방한다.

오늘도 필자는 지난번에 설명을 했는데도 '비아그라는 듣지 않는데 팔팔은 좋습니다. 팔팔 주세요!'라는 환자에게는 처방전을 주면서 '5분 더' 상담을 원칙으로 한다.

"같은 약을 복용하고도 효과가 다른 것은 복용 조건과 복용 방법의 차이가 있었던 것으로 추정되는데, 처방은 원하는 대로 드리겠습니다."

의사의 길은 무한대의 인내력을 요한다. 의식이 있는 환자는 나가려다 말고, '오리지날 비아그라와 팔팔을 반씩 주시면 비교해 보고 오겠습니다.'라고 요구하기도 한다.

남성의 발기부전을 약으로 강직도를 개선하기 전에 한 번은 왜 자신의 강직도가 떨어지고 있는지는 생각해 보시라고 설명할 때는, 20년 전 임상시험 했던 증례들을 간단히 설명하고 '이번에는 그냥 처방 받으시고 다음에 상담 원하시면 해보시죠' 하면 90% 환자들이 다시 한 번 들러 자신의 문제를 꼭 상담한다.

열 나는 원인이 '단순히 열받는 일' 한 번 때문인 사람은 많지 않기 때문이다.

비아그라 '응급 처방'도 있다. 임신이 어려운 난임 부부에서 한 달 내내 잘되다가, 부인이 '배란일'이라는 말만 하면 가슴이 철렁하여 전혀 반응을 하지 않아서 자칫 배란일에 실패할까봐 처방을 원하는 경우나 환갑여행, 칠순여행, 결혼기념여행 등 '행사용 처방'을 원하는 경우도 의외로 많다.

어느 날, 진료실에서 환자가 식약청 문의 결과, '오리지날 비아그라와 시알리스가 위암과 c형 간염의 원인이 된다'고, 그러나 복제약은 그럴 일이 없다는 환자와 20분 동안 떠들다가 환자를 정중히 배웅해 드렸다. 오리지날 비아그라와 시알리스가 '위암과 c형 간염의 원인이 된다'는 새로운 학설을 받

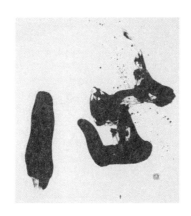

아들이기엔 필자의 식견이 너무 좁다고, 죄송하다고 사과 드렸다.

똑같은 원료를 제공받아 '무늬만 다른 같은 약'을 복용하고 이것과 저것이 차이가 난다고 하는 결과는 결국 같은 약을 먹고 그 날의 몸 상태와 공복 여부 등의 약 복용 조건, 기름진 음식 여부, 음주 여부 등과 흔히 연관되어 경험하는 지극히 주관적인 경우가 많다.

여러 가지 발기부전 치료제가 오남용 약물로 지정되고 전문의약품으로 묶여 있는 이유는 이런 종류의 약물이 전신적인 혈관에 작용하고 대사에 영향을 받기 때문이다. 환자는 어떤 상황에서 약물의 반응이 떨어지고 과장반응으로 부작용이 나타날 수 있는지 자신의 건강상황과 병용약물을 알리고 자세히 상담할 필요가 있다.

수많은 복제약들이 다양한 색깔의 옷으로 바꾸어 입고 가루약, 필름형, 씹는 약 등 다양한 제형으로 출시되었다. 게다가 약간은 선정적인 이름까지 붙여 전문의약품이 아닌 듯 포장된 것은 일반인들의 관심을 높이고자 하는 꼼수로 생각되어 더욱 염려스럽다.

성관계를 컨트롤하는 주도권을 누가 가지는가? 이에 대한 답은 비아그라 처방전을 가져가는 사례에서 알 수 있다. 60대 중반의 오랜 외래환자가 다달이 전립선비대증 약물과 함께 비아그라처방을 동반해 가신다. 그런데 이 분은 굳이 접수에서 '일반접수'를 한번 더하시고 처방전을 두 장 받아 가신다. 비아그라 처방을 일반처방료를 한 번 더 내고 받아 가시는데, 흔치 않은 일이라 무슨 영문인지 물었다. 이유인즉, 전립선약과 비아그라 한 통은 부인이 관리하는 약장에 처방전과 함께 보관되고, 자신이 따로 가져가는 비아그라 한 통은 자신만의 것이라며 의미심장한 미소를 보이신다.

반면에 비뇨기과 진료실을 찾아 전립선비대증 약물을 처방받는 70대 환자들이 전해주시는 말씀이 가슴에 와닿는다. 파트너와의 관계를 떠나서 요즘은 가끔씩 처방받은 발기부전 치료제를 저녁에 복용하고서 아침에 '내가 살아있다는 느낌', '아직 나는 남자다!'라는 느낌이 행복감을 준다는 말씀이다.

15년 전 사례이다. 72세 K씨는 전립선암을 판정 받고 큰 충격을 받았다. 전립선암은 서양에서는 남성의 종양발생빈도 1위의 흔한 암이고 우리나라에서도 점차 증가하고 있는 추세이다. 다행히 초기암으로 진단되어 근치적 전립선적출술로 단기 추적관찰에서 성공적으로 치료되고 있다고 평가 받았다. 6개월을 지나면서 환자는 점차 심리적 안정을 되찾게 되었다. 수술 후 9개월 쯤 항상 동반하던 부인과 같이 앉아 부부관계에 대해 의논을 하였다. 보통 수술 후 1년까지 기다리면서 자연스런 회복을 기다리는 방법을 권하지만 부인과 함께 진지한 자세로 적극적인 성기능 회복에 대한 의지를 느낄 수 있었기 때문에 치료를 시작하기로 결정하였다. 전립선암수술이 발기신경 근접 수술이라 수술 후에 가장 먼저 시도해 볼 수 있는 성기능 장애 치료제로 비아그라를 권하게 되었다.

시간이 지난 지금은 지속적인 저용량 시알리스 5mg 처방이 전립선암 수술 후 성기능 치료의 재활목적으로 처방하는 것이 일반적이지만, 당시는 비아그라 최대용량을 필요할 때마다 복용하는 처방 위주였기 때문에, 초기 투약에서 100mg의 비아그라에 성공적인 발기반응이 나타나 비아그라를 처방하고 3개월 후를 기약하였다.

수술 후 1년이 되는 날에, 근치적인 수술 성공에 성기능에 대한 만족도도 높았던 터라 밝은 표정으로 만나길 기대했던 환자가 의외의 침통한 표정으로 진료실로 들어선다. 항상 동반하던 부인은 보이지 않고.

3개월 전에 처방받은 비아그라는 매우 효과적이었다. 한두 차례 서로 만족스런 부부생활로 행복감에 젖었던 환자는 마음 한구석 자신이 종양환자라는 점을 생각하고 다시 한 번 자신의 암이라고 하는 병의 예후, 약간은 불편한 회음부와 소변증상 등이 걱정이 되었고, 다음 번 부부생활에 대한 부인의 요구에 소극적이 되었다. 또 다음에도. 하루는 비아그라를 복용하기를 강요하는 부인과 다투게 되었다.

"난 아직 암환자야. 지금 약을 먹고 싶지는 않아."

"당신은 가능한 일을 왜 자꾸만 회피하지요?"

"………………………………………………………………."

부부는 갈등 빈도가 많아졌고, 일상에서도 자주 다투게 되다 보니 환자의 마음 한구석에 과연 부인이 나의 건강을 생각하는 '나의 인생의 반려자인지', 아니면 '성적 욕망에 휩싸인 마녀인지', 혼란스러워지기까지 했단다. 결국, 이후 자연스런 관계는 회복되지 못했고 종양의 성공적인 치유소식도 다시 환자의 마음을 돌리기 어려웠다.

성기능장애의 치료를 맡는 의사는 자칫 큰 오류를 범하기 쉽다. 먹는 약, 주사약을 막론하고 '수술까지 해서라도' 진료실에서 성공적인 반응을 확인하여 '이제 다 되었다.'라고 자만하기 쉽다.

실은 성기능은 남자만의 기능도, 여자만의 기능도 아닌 부부의 상호 관계 속에 이루어지는 특별한 의미를 지닌 기능인 것이다. 치료에는 반드시 배우자의 협조가 필요하고, 때론 배우자의 건강문제가 치료방법의 선택에 절대적인 변화를 필요로 하기도 한다.

　이제 어떤 방법으로든 의학적인 성기능 회복이 가능해졌다고 자축하던 의사들이 한계에 부딪혀, '성상담'을 중요하게 생각하는 이유가 바로 여기에 있다. 아무리 좋은 약, 훌륭한 수술결과도 환자의 마음이 치유되지 않으면 큰 의미를 얻기 힘들다는 진리를 깨닫게 된다.

모든 일은 마음먹기에 달렸다. '凡事都取決于心態'

6가지 약제 도표 – 주요 발기부전치료제 약효 발현·지속 시간

제품	비아그라 (화이자)	시알리스 (릴리)	레비트라 (바이엘)	자이데나 (동아ST)	엠빅스 (SK케미칼)	제피드 (중외)
성분	실데나필	타다라필	바데나필	유데나필	미로데나필	아바나필
반감기 (시간)	3~5	18.5	4~5	11~13	2.5	1.5
발현시간 (분)	30~60	20~30	30~60	60	60	15~30
지속시간 (시간)	4~5	24~36	4~5	12~24	6	6
부작용	두통 16% 홍조 10% 소화불량 5%	두통 14% 홍조 4% 소화불량 12% 근육통 5%	두통 16% 홍조 12% 소화불량 4%	홍조 15% 소화불량 5%	홍조 13% 두통 8%	홍조 10% 두통 10%

매일요법
노벨의학상/노벨평화상

자신이 '심인성 발기부전'이라고 진단하고 오는 이들도 있고, 다른 병원에서 검사하고 특별한 이상이 없어 '심인성' 진단으로 오랫동안 치료받았다는 환자들이 있다. 발기에 문제를 일으킬 만한 특별한 병이 없고, 평소 발기력에 문제는 없으나, 성관계 시에만 발기의 장직도와 지속 시간이 감소한 경우에 흔히 '심인성' 진단을 받는다.

'마음의 병' 꼭지에서 언급한 대로 심리적인 원인의 성기능장애의 범주는 신체적 원인과 심리적 원인을 칼로 자르듯이 나눌 수는 없지만, 병력을 통해 명백한 경우 치료를 어떻게 시작할지 고민이 된다.

20세기 말 비아그라 시대가 도래하기 전에는 혈류개선을 시키는 약물과 대뇌 작용 신경정신과 약물 중에 경험적으로 성기능을 증진시키는 약물을 병용하는 경우가 많았다. 대표적인 '트라조돈(Trazodone)' 항우울제는 60년대 약물이지만 경험적으로 성기능을 개선한다고 많이 처방했다.

이와 함께 국내에서는 혈류개선제로 90년대 가장 많이 처방되던 '은행잎 추출물'이 있다. 징코플라본글리코사이드와 플라보노이드 성분으로 혈관에

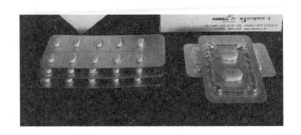

작용하여 뇌혈관 확장, 혈액점도 저하, 우울, 이명 ,현훈, 두통 등 만성 뇌기능 장애 증상 개선 적응으로 고혈압, 뇌졸중, 당뇨, 심장병 등 성인병에 도움이 된다는 근거로 많은 임상과에서 처방되었는데, 건강보험 제외 약품이 된 이후 전문의약품으로 처방은 많이 감소했다.

현재는 혈류개선제 '트렌탈(Trental)'이 펜톡시필린(pentoxifylline 400mg) 성분의 혈류개선제로 많이 처방되는 약이다. 비아그라가 억제해서 혈관확장을 일으키는 효소인 PDE 억제제 중 비선택성이 있는 광범위한 혈관 확장효과가 있다.

21세기에 들어와 비아그라 처방세대가 되고 보니, 지난 20세기말 진료실에서 심인성 환자들과 머리 싸매고 어떤 약을 조합해서 기능을 호전시킬지 고민하고, 결과를 놓고 자료 분석하던 시절이 우습기도 하다.

국내에서 처음으로 국제 임상시험 기준에 맞추어 허가임상을 진행하고 식약청허가를 받은 약물이 발기부전 치료제 '비아그라'라면 후속타로 현재 발기부전 치료제로 많이 처방되는 미국 '릴리 제약사'의 시알리스(Cialis: 일반명 Tadalafil 타다라필)도 국내임상시험을 통해 승인받았다. 세브란스 병원에서 시알리스 임상시험 연구자로 결과를 분석해 보니, 비아그라에 비해 음식 영향을 덜 받고, 얼굴 홍조의 부작용은 덜한데, 가끔 근육통을 느끼는 사람이 있어서 약을 복용하기 힘들 정도였다. 흥미로운 사실은 시알리스의 인체 내에서 분해되는 반감기가 비아그라에 비해 5배 길다보니, 약물의 작용시간도

이에 따라 길다는 점이었다.

시알리스의 임상경험이 쌓여갈 즈음, 2008년 미국 FDA에서는 중년 이후의 발기부전 환자들에게 시알리스 최대용량 20mg을 1/4로 줄인 5mg을 1년 동안 매일 복용하고 끊어볼 수 있는 장기 임상시험 결과를 보고 발기부전의 근본적인 치료법 및 전립선비대증 치료제로 적응을 넓혀서 허가하게 되었다.

시알리스(Cialis: Tadalafil) 5mg을 1년간 오전 10시 매일 복용한 환자들을 1년 후 약물복용을 중단하고 한 달 후에 기능을 평가한 결과 1/4이 성기능이 정상적으로 유지되었고, 배뇨 전립선 증상도 개선되었다는 점이 허가의 근거였다. 5mg을 일정한 시간에 매일 복용하면 5일 이후에는 1.6배 이상의 용량을 복용한 혈중농도 증가 효과가 나타난다.

이전에 시알리스 허가임상에 참여한 세무사 K씨의 경우, 지금도 15년이 지나 60대 후반이 되셨어도 건강한 모습으로 오신다. 시알리스와 역사를 같이한 분인데, 20mg 최대용량으로 자신의 성기능의 정상화를 경험하신 경우로, 2008년 이후에는 Cialis(Tadalafil) 5mg 매일 복용하는 저용량 치료법을 시도하고 그 만족감을 이렇게 표현하셨다.

'필요할 때 복용하던 시알리스가 그 효과 때문에 만족을 주었다면, 이건 마술입니다!'

20년 전에 노벨생리의학상을 수상한 '이그나로 교수'가 니트로글리세린이 분해하면서 생기는 산화질소(NO)가 혈관을 이완시킨다는 것을 입증해 노벨상을 타게 되었다고 한마디 거들었더니 하시는 말씀이 걸작이시다.

'노벨 의학상이 뭡니까, 〈노벨 평화상〉 감이네요!' 공감의 손뼉을 치면서, 둘이 같이 한참을 웃었다.

비아그라와 함께 특허 만료된 이후, 1/4 이하의 저렴한 가격의 복제약이 처방되면서 중년 남성들에 대한 전립선, 성기능 치료의 판도가 바뀌는 느낌이다.

매일 일정 시간에 1회 복용하는 기존의 전립선비대증 약 복용과 같다는 점도 저용량 매일 요법의 장점이다. 게다가 일회성 발기부전 치료제를 복용할 때 한국인에서 많은 두통, 안면 홍조, 가슴 두근거림, 소화불량 등의 부작용 발생률이 적다는 점도 장점이 될 수 있다.

2년 전에는 제주도 TOPIC 심포지엄에서 일본 북해도 삿포로(Sapporo) 의대 비뇨기과 과장을 만나 2016년부터 일본 후생성에서 Cialis(Tadalafil) 5mg 매일 복용치료법을 의료보험 적용을 한 이후 일본에서 전립선 배뇨장애 치료의 흐름도 자체가 변해버렸다는 강의를 들었다. 동갑내기인 일본 교수와 늦은 밤까지 소주를 마시면서 비뇨기과의사의 애환도 듣고 약 처방 경험을 말하는데, 일본 후생성 허가사항 변경 후, 비뇨기과 위상이 올라갔다고 자랑이 대단하다.

일본에서 의료보험 제도권으로의 변화가 있었다면, 한국에서는 대한남성과학회 주도로 발기부전과 전립선비대증 치료를 위한 타다라필 5㎎과 알파차단제를 함께 복용해야 하는 상황에서 두 가지 약을 같이 복용할 수 있는 복합제를 세계 최초로 효능을 인정받게 된 허가임상에 성공하였다. 이제는 중년 남성에서 가장 처방률이 높은 약제들을 '한 알로 복용하는 시대'가 열렸다.

2018년 여름, 제주도 TOPIC 심포지엄에서는 필자가 Cialis(Tadalafil) 5mg

매일 복용치료법과 한국이 세계특허를 가진 '자이데나: Zydena(Udenafil) 75mg' 매일 복용치료법을 임상적으로 적용하는 방법을 발표하였다. 이번 임상결과 발표에 포함된 70대 중반의 Y환자는 20년간 인연을 맺으면서 잊지 못할 경험을 하게 되었다. 환자는 30년 당뇨에, 대사증후군으로 여러 가지 합병증을 가졌지만, 갱년기 치료로서 호르몬 보충요법과 전립선비대증 약물을 복용하고 성기능개선을 위해서는 자이데나 200mg과 진공압축기를 사용했다. 10년 전에는 당뇨발 진단으로 선배 정형외과 교수님께 진료를 받던 중, 호전되지 않아 결국 일부 절단수술을 생각할 정도가 되었다. 당뇨관리에 더욱 힘쓰고 마침 새로운 치료법으로 소개된 '자이데나: Zydena(Udenafil) 75mg' 매일 복용치료법을 시작하였는데, 6개월 후, 정형외과 수술을 피할 수 있을 정도로 당뇨발이 호전되어 지금에 이르고 있다.

아무리 혈류개선 효과가 있다고 해도 전향적인 임상시험 없이 자이데나 75mg 매일 복용치료가 당뇨발에 효과적이라고 할 수는 없다. 하지만 필자와 환자는 적어도 매일 복용치료가 일차적으로는 당뇨 조절과 당뇨발 관리의 동기부여를 가져오고, 어느 정도 수술을 피할 수 있었던 결과에 기여했다고 믿고 있다.

'PDE5억제제' 약물들도 선택의 시대가 되었고, 저용량 매일 복용치료법이 중년 환자 진료지침에도 커다란 변화를 가져오면서 '성기능재활요법' 개념이 도입되었다. 가장 먼저 근치적 전립선 적출술과 같은 전립선암 수술을 받은 경우 종양에 대한 치료 후 경과 관찰 중 조기에 'PDE5억제제' 저용량 매일 복용치료법으로 '성기능재활요법'을 기대하는 것이 대표적이다. 현재 여러 종류의 'PDE5억제제'들이 성기능 뿐 아니라, 심혈관질환, 폐동맥고혈압 등 다양한 질병의 치료제로 연구되고 있음은 반가운 소식이 아닐 수 없다.

의대 동기들과 졸업 25주년 홈커밍 행사에서 느낀 감동을 나누면서 올린 글이 있다.

⟨돈으로 살 수 없는 것들⟩이라는 네덜란드 속담

> 돈으로 멋진 집은 사도 따뜻한 가정은 살 수가 없다.
> 돈으로 명품시계는 사도 소중한 시간은 살 수가 없다.
> 돈으로 장수 돌침대는 사도 침 흘리는 숙면은 살 수가 없다.
> 돈으로 화려한 하드커버 장서는 사도 숨은 지식은 살 수가 없다.
> 돈으로 건강검진권은 사도 건강은 살 수가 없다.
> 돈으로 높은 지위는 사도 마음속 존경은 살 수가 없다.
> 돈으로 혈액을 살 수는 있어도 생명은 살 수가 없다.
> 돈으로 성(性)을 살 수는 있지만 사랑은 살 수가 없다.

의사가 되어서 배운 교훈은

> 돈으로 교회성전을 올려세워도, 참신앙은 살 수가 없다.
> 돈으로 병원 빌딩은 올려세워도, 참의술과 양심은 살 수가 없다.

졸업하고 성의학(性醫學)에서 배운건

> 돈으로 비아그라는 살 수 있어도, 깊은 오르가즘은 살 수가 없다.

무단증량

예전 같지 않아요!

마술과 같은 먹는 발기부전 치료제 '비아그라'는 협심증 치료제에서 시작하여 노벨의학상을 탄생시킨 작용기전 때문에 의학계에서는 역사적이고 획기적인 일대 사건이었다. 그러나 아직도 발기부전치료제를 성욕, 정력강화제 정도로 기대하고 저절로 모든 것이 이루어지지 않았다고, '이건 아닌데!'라고 오는 환자들이 있다.

비아그라에 효과가 없는 환자에는 두 부류가 있다. 첫 번째는 〈발기장애가 심한 환자〉이고, 두 번째는 〈적절한 복약지침에 따르지 않은 경우〉이다. 발기부전의 원인과 정도에 따라 다르나 먹는 치료제의 발기개선 효과는 약 80%, 성교성공률은 약 70% 정도이므로 혈관건강이나 중증의 신체적인 원인이 동반되면, 약 20~30%는 약을 복용해도 효과가 없다.

적절한 복약지침도 필수적인데, 최대의 효과를 얻기 위해서 비뇨기과의사로부터 투약방법을 제대로 설명 듣는 것이 중요하다. 경구용 발기부전치료제에 효과가 없는 환자에게 복약방법을 재교육하면 이들 중 50%는 효과를 볼 수 있다. 진료시간이 짧아서 의사의 설명이 불충분할 수도 있지만, 이미 복용력이 있다고 해서 그냥 처방전을 발행한 경우 복약지침 설명을 생략하게 되는 경우가 많다.

'PDE5억제제' 발기부전 치료제는 약이 효과가 나타나려면, 우선 충분한 성적자극과 반응하는 시간이 필요하다. 심한 성욕 감소가 동반되었거나, 자극 없이 다른 일에 몰두하고 있으면 약효가 감소한다.

식사와 관련하여 공복상태의 복용이 가장 효과가 좋고, 기름진 음식을 먹으면 효과가 감소한다. '기름진 육식과 음주 후'에는 더욱 복용효과를 기대하기 힘들다. 첫 복용에서 효과가 없는 경우 4~6회 더 복용해 보면 반응하는 경우가 있으므로 처방을 충분히 받아 반응을 기대해 보아야 하며 경구용 발기부전치료제가 장에서 흡수되어 혈중 최고농도에 이르기까지는 1~2시간이 소요되므로 복약 후 1~2시간이 경과한 후에 성관계를 시도하여야 충분한 효과가 나타난다. 혈류가 좋지 않은 기질적인 환자일수록 약의 반응시간은 지연된다.

약 복용 전 음주를 하면 효과가 떨어지는데, 이는 음주 후 간대사 효소의 활성화로 약효가 감소하기 때문이다. 다시 강조하지만, 기름진 음식에 술까지 곁들이면 약효는 기대하기 어렵다.

약에 반응하지 않는 환자를 위해 약효가 없을 경우에는, 2차 약제와 치료방침을 결정하기 위해 반드시 다시 내원해서 평가를 받아야 하는데, 임의로 용량을 올리는 일은 저혈압 등의 치명적인 결과가 나타날 수 있다.

출근길에 길가에 붙은 플래카드 표어 내용이 자극적이다.

"무단횡단의 종착지는 건너편이 아닙니다."

비뇨기과 의사의 머릿속을 스치는 발기부전 약물복용 문구 카피가 있다.

"무단증량의 종착지는 강직도가 아닙니다."

약효가 부족하다는 상담을 하게 되면 이제 2단계 상담 시간이다.

첫 처방이 최대용량을 처방하지 않은 경우 최대용량까지 증량해 보는 방법이 있다. 약효가 들쑥날쑥했던 환자들에선 효과를 좌우한 상황을 도출해 보도록 한다. 최대용량에 효과가 없었던 경우는 두 가지의 선택방법이 있다. 하나는 〈약물의 종류를 바꾸어서 시도하는 것〉과 〈저용량 매일 요법〉 약제로 장기적인 근본적 치료 계획을 설명하고 단계적 처방을 시작한다.

2단계 치료의 선택 기준은 주로 환자의 '성생활 패턴'에 따라 정해지는데 중년 이후에 성관계 횟수가 많지 않은 경우, 종류를 바꾸어 최대 용량으로 시도 해보고, 아직 성적인 활동이 왕성한 경우는 Cialis(Tadalafil) 5mg 매일 복용치료법이나 더 중증의 경우는 '자이데나: Zydena(Udenafil) 75mg' 매일 복용치료법을 선택하기도 한다. 중년에서의 약제 선택은 문헌에 따르면 성행태에 따라 1/4에서 최대용량으로 필요할 때 복용하는 방법을, 3/4의 환자에서 저용량 매일 용법을 선택하는 것으로 나타났다.

발기부전에 대한 첫 상담에서 내분비계 호르몬 검사에서 남성호르몬이 낮은 경우에는, 처음 약제 처방계획을 세울 때 미리 반응하지 않을 경우 호르몬 보충요법을 설명하기 때문에, 환자도 자신의 약물반응정도를 평가해 보고 호르몬 보충요법을 통한 갱년기 병용치료에 쉽게 동의한다.

남성호르몬이 저하되어 있는 경우, 발기부전 치료제의 효과가 줄어들고, 성욕이 감소되거나, 정액량이 줄어들며, 전반적인 피곤함 무력감을 느끼는 경우가 많은데, 발기부전을 초래한 대사증후군(복부비만, 고지혈증, 당뇨, 고혈압 등)의 원래 가지고 있는 자신의 신체적인 건강에 대한 관심도를 높여 잘 관리하는 것이 우선이다.

이와 함께, 음주 흡연 운동부족 등의 생활습관 교정을 동반하지 않으면 이번에 시작하는 '남성호르몬 보충요법'의 치료기간이 장기화될 수 있음을 강조하여야 전반적인 치료효과를 높일 수 있다. 마치 헬스클럽에서 처음 PT시 작하는 학생에게 교육하듯 동기부여가 있어야 한다.

결국 발기부전의 치료는 자신의 발기력이 저하된 원인을 상담자와 함께 '한 발 떨어져서' 바라보고, 치료과정에 환자 자신이 맡아서 해결해야 할 부분을 이해하고 '꼭 이행하겠다는 동기부여'를 해 주는 것이 무엇보다 우선되어야 한다. 발기부전 유발과 밀접한 관련질환에 대한 검사 결과도 공유하고, 교정해야할 생활습관 항목을 기록하였다가 방문할 때마다 꼭 챙겨서 지켜지는지 확인한다. 예를 들면, 대표적으로 남성호르몬을 떨어뜨리는 음주와 관련된 간기능 검사의 악화가 있다면 주기적으로 챙겨보는 것이다.

지방간 평가검사와 '감마지티피(r-GTP)' 등의 검사결과를 가지고, 필자가 경험한 '최악의 수준'과 비교해서 환자가 얼마나 수치가 악화되었는지를 설명하는 것이 가장 설득력이 있었다. 참고치 설정을 위해 필자가 술을 마시는 가장 중요한 이유인 것이다.

스트레스가 많았고, 운동이 부족했다고 하는 경우에는 격려와 위로도 하고 다음을 기약하지만, 대사증후군 조절에 전혀 관심 없고 술은 매일 증량하고 있는 환자를 대하면, 더 매일 마시면 어떻게 된다는 '수치적 경고'가 환자에게 필요하며, 악화소견을 보일 때 반성의 기미가 없으면 그냥 귀가하도록 한다.

'더 이상 제가 해드릴 수 있는 게 없습니다. 본인의 생활을 바꾸겠다는 결단이 서면 다시 한 번 만나시죠. 처방은 원하시는 대로 한 번 더 드릴께요.'

약에 반응하지 하지 않는 환자의 음경해면체내 자가 주사요법은 그 다음의 고려 사항이고, 음경보형물 삽입술은 더욱더 그 다음의 고려 사항이다.

'매일요법' 꼭지에서 잊지 못할 경험으로 인용한 70대 중반의 Y환자도 20년 전에는 10년의 당뇨에, 조절되지 않는 대사증후군으로 합병증이 시작되던 시점에 처음 만났다. 당뇨환자들 특유의 과민성방광증상이 동반된 배뇨장애 약물을 시작으로, 'PDE5억제제' 발기부전 치료제를 종류별로 증량하고, 반응하지 않게 되면 자가주사치료, 진공압축기를 순차적으로 적용해 갔다. 대사증후군 환자들이 가장 취약한 것이 동반된 갱년기의 진행이 동년배보다 훨씬 빠르다. 실제 환자입장에서 의사가 권하는 대로 치료와 조절을 따르기도 쉬운 일은 아니다. 오실 때마다 응원하고 격려해 드리면서 사적인 대화도 하게 되고, 엔지니어로 60대 이후에도 현직에서 정력적으로 일해 오셨던 분임도 알게 되었다. 그동안 한 번도 거르지 않고, Zydena(Udenafil) 75mg' 매일 복용치료법을 유지한 덕에 당뇨발이 호전되어, 정형외과 수술을 피할 수 있었다는 건 두고두고 다른 환자들에게도 성공사례로 설명하곤 한다.

진료실에서 만날 때마다 '환자는 감사를', '의사는 보람을' 함께하지만 감사의 저울추(錘)는 항상 환자 쪽으로 기운다.

질병을 치료하는 것은 의사라지만, 의사는 환자를 통해 많은 것을 배우기 때문에 결국 〈환자는 모든 의사의 스승: 病人是医生的老师〉이라고 할 수 있다. 그리고 환자와 진심으로 공감한 경우, 그 감정을 전하면 성공사례든 실패사례든 모두 다른 환자들에게도 큰 도움이 된다.

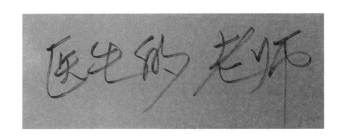

부친 진료

전립선과 성기능 두 마리 토끼

25년 전 책방서 우연히 낚아온 영어 유머책 첫 꼭지 제목이 〈아들의 Urology Clinic(비뇨기과 클리닉) 개업식〉이다.

부친이 100불을 내면서 개업을 축하한다고 Urologist(비뇨기과 의사) 아들 어깨를 두드리고 가셨다.

다음 날, 또 오신 부친이 100불을 들이미시면서, "어제 너의 처방에 감동한 네 어머니의 감사표시다!" 뭐 이런 내용인데, 비아그라 임상도 하고 수많은 사연을 담고 진료를 하면서도 '부친 진료'의 어려움은 특별하기도 하고 어색하기도 하다.

10여 년 전, 어려서부터 알고 지내던 부친 친구 분이 진료의뢰서를 들고 오셨다. 외과적 수술을 받으시고 성기능 장애 평가를 위해 오셨는데, 들어와서 앉으시더니 "의뢰서 받고 대학병원 가라고 할 때는 몰랐는데, 진료실 들어오면서 진료 교수가 막상 '당신'이라고 하니 쑥스럽다"고 하시면서 첫 면담 후 다음 진료를 취소하셨다. 필자에 대한 기억을 '국민학교 들어가기 전부터 알던 꼬마'로 기억하실 게 분명하고, 충분히 그 마음을 이해했다.

동기들 부친을 배뇨장애 증상 때문에, 전립선검진하고 전립선 수술도 하게 되지만 간혹, 성기능에 대한 상담, 평가, 수술은 조심스러운 게 사실이다.

　대학병원에서 개인병원으로 자리를 옮겨 수술을 하면서도 어떤 경우는 의과대학의 선배, 은퇴 교수님이 대학병원에서 성기능 관련 수술을 받기가 거북하니 필자에게 의뢰해서 프라이버시를 지키고자 하는 분도 경험하면서, 비뇨기과의 상담, 진료 내용은 받아들이는 입장에 따라서는 개인차가 있어서, 부담을 가질 수도 있겠다는 걸 충분히 공감하게 된다. 잘 아는 분일수록 부담 없이 상담하시도록 노력은 하지만, 주관적인 상담의 부담감을 필자가 백퍼센트 감싸드리는 것은 불가능한 일이다.

　썰렁하지 않도록 노력은 해보지만, 아무리 분위기를 누그려 뜨려도 만남이 오래 되어야 조금씩 편안해짐을 느낀다.

❋

路遥知马力, 日久见人心

‘길이 멀어야 말의 힘을 알 수 있고, 세월이 흘러야 사람의 마음을 알 수 있다.’

❋

　내과 동료 부친이 처방받은 전립선약을 복용하고 더 불편하시다고 오셨다. 처음 뵐 때 연세가 70이셨는데, 벌써 80대 중반이시다. 동기 말로는 부친께 흔하게 처방하는 약을 드렸는데 배뇨증상이 갈수록 좋지 않으니 비뇨기과 친구를 소개하라고 하셨단다.

　멀리서 오셔서 상담을 해보니 선택한 전립선비대증 치료제(피나스테리드)의 흔한 부작용인 성기능장애와 정액량 감소가 나타나서 약을 바꿀지 상담을 하고는 싶은데, 아마도 자제분하고 말하기가 껄끄러우셨던 것 같다. 수술을 할 정도이셨는데 여러 가지 건강여건을 고려해서 고단위 약물치료를 하

기로 하였지만, 그건 또 성기능에 더 영향을 받으실 것 같고, '이거 원' 아는 분 해결해 드리기가 엄청난 부담으로 다가온다.

대개 이런 경우 결과가 안 좋으면, '기껏 소개한 비뇨기과 의사가 그거 하나 해결 못하나?' 소리 듣기 딱 좋은 경우다.

그동안의 경험으로 '지연 연막전술'을 쓰기 시작했다. 1단계부터 '다시 시작' 작전이다. 그동안 선택하지 않은 약부터 천천히 사용하면서 성기능에 도움이 되는 약제를 병용하면서부터 조금씩 부친의 성적 취향과 현재 겪고 있는 성상대자와의 갈등요인을 파악하였다. 그거 알아내는데 마음 졸이면서 '6개월'이 걸렸다.

그리고 그동안 처음 경험하신 그 전립선약을 복용하면 소변증상은 좋아지는데 정액량이나 오르가즘은 조금 약해지게 되고, 그 약을 빼게 되면 성기능은 잘 유지되지만 소변증상은 조금 손해를 보십니다.

〈두 마리 토끼입니다!〉라고 읍소하였다.

답이 오는데 한참 걸렸는데, 3년 동안 성기능 영향 없는 약을 쓰다가 이후에 결국 병용요법으로 소변증상의 개선을 달성했다. 갈수록 조금씩 변해 가는 소변줄기에 대해 오실 때마다 '언제나 좋아지누?' 물으시면서 10년 지난 지금 말씀이, '수술이 좋다면서 왜 그 때 수술은 안 했수?'라고 질문을 퍼부으신다. '그 때 했으면 정액은 완전 포기였지요.'라고 말씀드렸다.

항상 작별인사는 '그건 안될 일이지!' 이시다.

동반 소개하신 목사님이 계신데, 이제 시내에서 은퇴 후 목회자 정기 모임을 하시면, 점심식사 후 오후에 80대 목사님들을 인솔하시고 단체로 방문하신다. 일부 70대 후배 목사님들은 정말 건강하셔서 정기적인 전립선 검진과 배뇨장애 약물 치료로 대부분 만족하시는 데 반해, 80대 목사님들은 배뇨장애 약물의 용량도 최대한 올려야만 하고, 진행된 갱년기 때문에 이에 따른 부작용도 만만치 않다. 지속되는 배뇨장애 약물의 성기능 부작용을 의논하고 해결하는데, '어떤 부작용 증상이 있었는지'를 상담 주제로 꺼내 놓기까지 몇 년이 걸린다.

다행히 적응증이 식약청 허가를 받은 후, 〈전립선비대증 약물과 성기능 치료제의 복합제〉를 사용하면서 인솔하시고 단체로 방문하시는 회원 분의 수가 갈수록 늘어나고 있다.

수면부족(睡眠不足)

친구 부인들이 건강검진에서 혈뇨를 지적받았다고 확인 차, 의뢰되어 오면 40대 말, 50초반 여성의 오랫동안 인생과 같이 해온 만성 방광염 환자들이 대부분이다. 그런데 갱년기에 들어선 후 점차 소변을 자주 보고. 밤에 야간 빈뇨와 동반된 수면부족 여성들을 보면 안쓰럽다.

자신이 남들보다 예민한가보다, 그냥 다 그러려니 하고 살아온 것이다. 만성 방광염 환자들인데.

방광염은 어디 화농현상으로 종기 나듯 방광이 곪은 것이 아니고, 방광을 코팅하고 있는 방광점막에 대장균 등의 장내 세균이 붙는 자리가 생겨서 이행상피세포 안으로 들어가서 살고 있는 것이다. 환자가 면역이 떨어질 때마다 밖으로 드러내놓고 염증반응을 일으키는 이벤트가 방광염인 것이다. 심하면 출혈도 되고. 피곤할 때 입안이 헐어서 따가운 느낌을 이에 비유해 볼까?

악화되는 조건은 '소변 참았을 때', '잠 못잤을 때', '야근하거나 회식하거나 지나친 음주했을 때', '부부관계가 과했을 때' 그리고 기타로는 '이사, 김장, 바캉스, 지나친 손주 돌보기, 과로' 등이 있다.

'피할 수 없으면 즐겨라!' 이건 불가능한 구호다. 적어도 비뇨기과에서는 〈피할 수 없으면 예방약을 복용하라!〉이다. 단발성으로 물에 타서 먹는 마크로리드계 파우더 항생제가 성생활 직후 복용 가능 약제로 나와 있고, 1년 3회 이상 재발하는 환자에 대한 백신, 면역치료 요법도 효과적이다. 그동안 한 세대 전에 약국에서 '박트림' 사서 먹고 달성한 '세계 1위의 항생제 내성 여성 보유국가'의 오명을 씻어가고 있다.

1일 단회 복용의 고용량 항생제 집중치료법 등 국내 환자들이 익숙하지 않은 복용법은 복약지도에 주의를 요하지만, 2차 선택 치료법으로의 유효성은 탁월하다.

수면부족에 적응해서 살다가 주기적 면역저하로 만성적으로 재발하는 방광염의 결과가, 자다가 서너 번씩 화장실을 들락거리게 되는 것임을 안다면, 원인이 되었던 방광염의 근본적 치료로 수면부족의 악순환의 고리를 끊는 것이 낫겠다.

중년남성은 주로 전립선비대증 증상의 일부로 방광근육이 두꺼워지면서 '야간 빈뇨'가 나타나는 경우가 흔하지만, 갱년기 후 노화동반의 뇌하수체 항이뇨 호르몬 분비 부족으로, 상당량의 소변이 생성되는 '야간다뇨증'도 증가한다. 일부는 수면의 질이 떨어지는 중년의 수면장애 환자로, 소변증상보다는 깬 김에 화장실을 들락거리는 분들로 수면제가 큰 도움이 된다. 각각 적절한 약물이 도움이 될 수 있다.

부모님 연세의 고령 환자들이 심야에 화장실 문제로 불편한 몸으로 움직이시다가 비몽사몽간 넘어져 골절상이라도 당하면 이 또한 치명적이다.

지금 들어가는 푸근한 잠자리가 두려운 밤이 될 것인가? 아니면 화창한 내일 아침을, 기분 좋게 단잠자고 활기찬 하루로 맞이하게 될 것인가?

'숙면을 취하는 것이 건강과 우리의 면역을 강화하는 제1과제'일 것이다. 정신과 의사들에게 고하노니 제발 불면증 불안증 환자를 보시는 날 반드시 〈소변 검사〉를 해주십사 하는 것이외다!

연전에 작고하신 아버지는 솔직하셨다.

80대에 들어선 이후, "아침에 운전하고 나서는데 무섭단다. 잠도 잘 안 온단다. 드라이버 거리가 많이 줄었지? 나는 〈시니어 티박스〉*로 가련다." 그리고 내기 골프에서 돈은 다 따가셨다.

아버지와 유쾌한 친구 분들 덕분에 '갱년기와 우울증, 수면장애', '전립선과 성기능 사정장애'에 그렇게나 많은 임상경험을 하게 해 주셨으니…

80대 남성의 절실한 문제들인데, 생전에 모든 걸 나에게 털어 놓아주신 아버지 생각에 모습이 자꾸만 아른거린다.

"둘째 아들 덕에 인생 새로 살아간다!" 고 엄지 척!

그리고선 '대포 한 잔' 으로 진료비를 퉁치셨다. 진료비 100불은커녕 골프 내기 비용 300불을 매 게임 기분 좋게 내드렸다.

돌이켜보면 이래저래 모신 게 몇 번 되질 않네.

❦

불효부모사후회(不孝父母死後悔)

❦

---

* 골프의 티박스는 티잉 그라운드 룰 적용을 받는다. 티잉 그라운드란 플레이할 홀의 출발 장소를 말한다. 티잉 그라운드는 2개의 티 마커 바깥쪽 한계로 전면과 측면이 정해지며 측면의 길이가 2클럽 길이인 직사각형으로 된 구역인데, 시니어 티는 보통 65세 이상 비거리가 떨어지고 연세가 많으신 분들을 위해 앞으로 나가서 티샷을 하도록 마크되어 있다.

　골프를 너무 잘 치시길래 마지막 라운딩에서 "아부지! 화이트 티(레귤러 티, Regular tee)**로 오셔유!" 하고 놀려 댔던 일이 가슴 아프다! 그 홀에서 '버디' 하셨다.

** 보통 남성이 일반적으로 사용하고 있는 티잉 그라운드.

임플란트

음경보형물 삽입술

21세기에 들어서는 성기능 장애라 하면 건강과 연관하여 신체적 정신적인 건강의 평가와 관리를 하면서, 먹는 발기부전 치료제, 조루증 치료제 등의 일차적인 치료법이 대세다. 90년대 초 비뇨기과 전공의 시절에는 기질적 원인의 성기능장애의 치료법으로 1차 치료로도 혈관수술을 비롯한 다양한 음경보형물의 수술요법이 적용되던 시기였는데, 이제는 일차적인 치료법의 시도 후에 자연스럽게 효과적이지 못한 그룹을 대상으로 단계적인 수술 상담과 수술과정에 대한 설명이 이루어진다. 또한 많은 정보를 공유하여 환자들에게 음경보형물의 설명을 하기도 좋아졌는데 수술의 성패는 결국 '자연스런 발기력'과 '기계적인 발기력'의 차이에 대한 기대와 현실의 간극을 좁히는 것이라고 할 수 있다.

손으로 각도를 마음대로 구부릴 수 있는 굴곡형 보형물, 자체적인 저장고를 가지고 귀두부위를 누르면 팽창되었다가 지그시 몸체를 꺽으면 발기강직도가 소실되는 두 조각 팽창형, 그리고 골반 안에 저장고를 심어 스위치로 강직도를 조절하는 세 조각 팽창형 보형물 등 지속적으로 내구연한을 늘린

여러 가지 음경보형물로 발전되어 왔다.

전공의 시절 60이 되지 않은 스님 한 분이 입원하여 음경보형물 수술을 준비했다. 스님이 보형물 수술을 하는 것도 이상하고, 하시는 말씀도 지방에서 축지법으로 서울에 왔다고 하는 등, 여하튼 비범한 파계승이려니 하고 굴곡형 보형물을 하기로 하였다. 수술 후 퇴원하기 전에 말씀이, 자신이 출가한 이유가 '성기능 장애' 때문이었다는 것이다. 그럴 수 있겠다고 생각은 했는데, '이제 산에서 내려올 수 있겠다'고 하면서 합장을 하신다. 젊었을 때의 성기능장애로 고민하고 자신의 운명으로 생각하고 출가한 후, 수도생활을 하면서 우연히 의학적인 진단을 해보고자 내원했다가 신체적인 원인을 발견하고 음경보형물 수술까지 하게 된 경우였다. 당시에는 증례발표 수단이 시청각실에서 슬라이드를 인화해서 환등기로 발표하는 시절이었는데, 그 당시 만든 수술 후 스님 환자의 골반 엑스레이를 슬라이드로 만들어서 강의할 때마다 두고두고 사용했다.

계속 수술이 밀리던 어느 날, 밤잠 못자고 다음날 수술환자 준비하고 환자 및 보호자 수술설명 및 동의서 자필서명을 받느라 항상 분주했다. 기억에 남는 52세 산재환자 G씨가 입원하면서 보호자가 동반해서 바로 굴곡형 음경보형물에 대한 수술설명과 동의서 서명을 받았다. 다음날 아침 첫 수술 환자라 마취과 협진 의뢰하고, 순조롭게 수술실에 들어가 소독준비를 하고 있는데, 병실에서 삐삐 호출이 왔다. 수술실에 들어가야 할 환자가 복도와 계단에서 숨바꼭질을 하느라 병실에서 애를 먹고 있다는 전갈이다. 대학병원 수술실이 첫 수술시간을 지키지 못하면 그날 그 수술방의 스케줄 전체를 다른 과에 넘겨줘야 하는 급한 상황이라 뛰어나가 알아본 사연은 이렇다. 어제 보호자 동의서 받고 서명한 여성은 부인이 아닌 내연녀였다고 한다. 그런데 우여곡절 끝에 G씨의 본부인이 음경보형물 수술계획사실을 알게 되어 아침에 병원으로 달려와 '누구를 위한 수술인가? 보호자가 동의도 하지 않고 수술실에 들어가는 이런 경우는 병원에도 책임이 있다!'며 항의하고 환자 끌어내라고 소란을 피웠다는 것이다. 수술은 취소되고 병원에서 보호자 확인도 안하고 서명을 받은 전공의에 대해 지적사항이 나왔다.

'이 바쁜 와중에 이제 앞으로 일일이 호적을 대조해서 수술동의를 받으란 말인가!' 억울한 전공의, 나의 탄식이었다.

세월이 흘러 의과대학 조교수생활을 시작하면서, 세브란스 병원에서 때마침 첫 발기부전 치료제 '비아그라' 임상시험 리포트에 참여하게 되었는데, 학생 때부터 은사님으로 모시는 기초학 노교수님께서 '차 한 잔' 하라고 연락을 하셨다. 찾아뵈었더니 발기부전 치료제에 대한 관심도 많으시고 최근의 건강에 대한 이런저런 고민을 말씀하셨다. 그런데 K 교수께서는 지병 때문에 먹는 치료제 복용이 어려운 상태셨다. 너무 오랜 세월 병수발을 한 아내에 대한 미안한 생각에 이제 정년퇴임 후 수술을 해서라도 성적인 재활을 할 수 있을 것인가에 대한 상담을 하셨다. 당시 원로 교수 입장에서 음경보형물 삽입수술을 대학병원 수술실에서 진행하기 어렵다는 상황이 충분히 이해되었기에 개인적으로 외부병원에 근무하기 시작하면서 자연스럽게 제일 먼저 음경보형물 삽입수술을 진행했다. 이어서 몇 분의 은퇴 선생님들의 수술을 진행하면서 성의학적인 치료가 개인적인 사생활이라는 특수성 때문에 여러모로 환자의 개인 사생활 보호를 위한 노력을 해야겠다는 생각에 조심스러워졌다.

　때로는 '원발성 발기부전'이라고 하는 드문 부류에서 수술적응이 되기도 한다. 이는 한 번도 정상적인 발기능을 가져보지 못했던 경우로 성적인 발달 장애나 아주 심각한 정신병적 상황이 배경이 되는 경우도 있고, 자세한 신체적 조건의 성기능장애 검사를 통해 음경의 혈류가 선천적으로 완전발기가 이루어지기 힘든 선천적 장애를 가진 경우로 대부분 젊은 남성이므로 철저한 심층 검사를 마치고 수술적 적응을 결정하게 된다.

　32세 L씨는 성인이 되어서도 교제를 해본 적이 없다고 한다. 성경험도 없고 집안의 일을 도우면서 살아오면서 최근에 가족들의 결정에 따라 외국의 신부와 결혼을 결정하기는 했는데 연로하신 부모님은 L씨가 어린애 같은 막내이지만 참한 외국인 신부를 얻기만 하면 성생활은 자연히 될 것으로 믿으신 모양이다. 자세한 검사에서 성적인 발달의 장애와 성적 자극에 대한 혈관의 반응이 거의 없어 원발성 발기부전으로 진단하고 음경보형물삽입술을 시행했다. 수개월 후 그동안의 신혼생활의 경과를 평가해 보니 성생활에서는 아직도 낙제점이다. 수술적인 치료가 근본적인 성치료의 마지막 방법이지만 역시 외국인 신부와 교감이 부족한 성관계의 만족도는 완전하지 않았던 모양이다.

〈죽더라도〉 꼭지에서, 평생 성기능 문제로 부부지간에 당한 고통을 생각하면 암으로 죽든 말든 성기능을 회복한 연후에 생각할 일이라고, 목숨을 걸고 보형물 수술을 동시에 시행한 환자도 잊지 못할 기억이다. 이후에도 간암 환자들의 보형물 수술이 연달아 이루어졌는데 만성적인 간질환에 대한 장기간의 병치례, 그리고 간암에 대한 수술과 오랜 시간 병간호에 같이해준 배우자와의 성생활의 공백에 대한 미안함에 꼭 말년에 수술적인 성기능치료를 해야겠다는 환자의 사연도 기억에 남는다.

70대 노신사가 특실에서 아무리 보아도 30대인 배우자와 음경보형물 수술동의서에 서명하였다. 수술 첫날의 약간의 고통은 사랑하는 새 배우자를 위해 참아낼 수 있었는데, 흐뭇한 마음으로 회복만 기다리던 병실에서 그만 어이없는 말을 듣고 말았다. 자신을 담당한 간호사가 투약하러 왔다가 "할아버지는 환자도 아니잖아요!"라는 한마디에 너무도 속상했다. 집도의는 모르는 상황이었고 나중에 외래에서 치료차 방문했을 때 환자를 통해 전해들은 이야기였다. 아직도 어떤 감정이 쌓여 돌발적인 대화가 오갔는지는 이해되지 않지만 추측건대 미혼의 젊은 간호사가 자기 또래의 신부와 노신사를 지켜보면서 의료인으로서의 역할을 벗어난 감정 발설로 상상해 보지만, 당시 간호부서와 한참을 티격태격했다.

고령의 환자들이 성기능 장애에 대하여 수술적 치료를 결정하기는 쉽지 않다. 재혼과 연관하여 음경보형물을 시술받는 환자들의 연령이 매우 높아지면서, 이들이 수술을 하고자 결정하고 병원을 오가실 때의 마음의 부담감을 줄여드리기 위해 좀 더 배려해드리지 못함을 반성하게 된다. 6개월 후에 그 노신사가 진료실에 오셨다. 사실은 지난번에 병실에 와있던 이가 애인이었는데 수술 후 애인과의 성관계에서, 예전의 감흥을 못 느껴서 헤어지게 되었다는 말씀이다. 헤어진 건 마음 쓸 일이 아니란다. 이제 어느 정도 성적 능력의 자신감은 회복하였으니 새 애인을 찾아보겠노라고 웃으며 진료실을 나선다.

84세 중년 남성이 응급 음경보형물 삽입술을 원하신다. 첫 부인의 공백 시간이 있어서 둘째 부인의 수술 승낙서 사인으로 응급으로 가능하게 해달라시는데, 전공의 때 숨바꼭질하다가 징계받을 뻔한 생각이 난다. 심장이 페이스메이커를 하고 계시면 수술 중의 전기소작의 접지 문제 때문에 기계 조정이 필요한데 '응급인듯 응급 아닌 응급 같은 보형물을 수술'이라 전기 소작기 치우고 맨실로 꿰매가면서 두 배 시간 걸려 수술을 종결지었다. 거기에 또 하나의 기록은 그동안 확장기구로 측정했던 음경 크기 중 우리병원 금메달이셨다.

86세 전립선암 수술 후 발기부전 상태에서 전립선암의 3년간의 안정화 상태에서 성기능 재활목적의 수술면담이 이루어졌다.

전립선암 진단 이외에는 건강의 아무런 문제가 없는 86세 환자는 처음 보는 것 같다. 오랜 군생활을 하신 꼿꼿한 노년이 멋지시다. 전립선암 수술 후 가끔 팽창형 수술이 어려운 경우가 있지만 이 환자는 세 조각 팽창형 보형물을 시술에 문제가 없었다. 그런데 이 분이 수술 후 상처 치료 과정에서 많은 문제를 일으키셨다. 성상대자가 나이 차이가 크다는 것은 알았지만 상처치료 붕대를 풀기 전에 5일 만에 이미 성관계를 갖고 오셨다. 상상할 수 없는 일이지만 보통 세 조각 팽창형 보형물을 수술한 후 50% 정도의 발기 상태로 며칠 두고 상처치료 종결 후 최대 발기와 이완상태의 펌프작동을 시작하는데 이미 5일째 실밥을 풀기 전에 50% 상태에서 붕대 풀고 관계를 하고 오셨다. 오, 하늘이시여(哦, 天啊)!

空前絶后

워낙 독특하여 비교할 만한 것이 이전에도 없고 이후에도 없다.

전무후무(前無後無)!

그래도 상처치유는 예정대로 되었고, 다른 환자들처럼 한 달 후 관계 시도는 더 이상 설명이 필요 없게 되었다. 필자는 요즘도 팽창형 수술 환자가 언제부터 성관계가 가능하냐고 물으실 때면 '한 달 후에 가능합니다.'라고 말은 하면서도 속으로 간혹 '닷새 째도 되긴 합디다.'란 말을 해드릴까 고민한다.

72세 파킨슨병 환자가 경북 봉화에서 급박뇨 증상의 배뇨장애로 10년을 다니셨다. 깡마른 체격에 오실 때마다 산나물과 이끼 모은 접시까지 걸음 걷기도 힘드신 분이 가져오시는 선물에 몸둘 바를 모르겠는데, 갑자기 발기부전에 대한 음경보형물 수술을 원하셨다.

파킨슨병이 신경인성 방광이 동반되므로 빈뇨, 급박뇨와 보행 행동장애까지 일상생활이 힘드신 상황에서 갑자기 성기능 수술을 원하시는 이유를 물으니 필자의 손을 꼭 잡으신다. '절대 이해 못하실 거에요. 꼭 수술이 필요합니다.' 너무 절실해서 왜소한 크기에 맞춘 굴곡형 보형물을 간단히 수술해 드렸는데 상처치료 후 퇴원하시면서 사연을 말씀하셨다.

4살 위의 부인과 산속에서 지내시는데, 자신은 수동적이고 부인이 매일 여성 상위의 관계를 요구해 오고 있다고 한다. 그런데, 더 이상 자력으로 힘들어서 수술 도움을 청하셨노라고. 도무지 걸음을 잘 걷지 못하는 중증 파킨슨병 환자가 지금까지 매일 성관계가 가능했다는 것도 믿기지 않았고, 성기능의 유지를 위해 수술을 하신 것은 이해가 가는데, 수술 전에 이런 상황을 파악 못한 필자의 수준은 아직 '성상담 초보 수준'임을 참담하게 고백할 수밖에 없다.

요즘 심해진 급박뇨 조절을 위해 배뇨장애 약물 용량을 증량하고 있다.

서울에서는 수술하고 나면 절대 친구들에게 '자신이 보형물수술을 했다'는 말씀을 잘 안하시는데, 지방에서는 한 환자가 수술을 하면 친구들에게 꼭 말씀을 하셔서 누구 소개로 왔다는 말씀들을 많이 하신다. 친구관계가 차이가 나는가 보다. 15년 전에 필자에게 수술 받은 환자와 동향이신 인연으로 팽창형 보형물 수술을 하셨던 분이 오랜 만에 전화로 진료예약을 하고 비행기 편으로 오셨다. 아드님과 동반한 환자 연세가 96세. 어제 비행기로 와서 병원 옆 호텔에서 주무시고 아침 첫 환자로 들어오셨다. 오랜 만이라며 들어오시는데 신수가 훤하시다. 음경보형물 수술을 받으시고 그동안 '30대 후반'의 애인과 잘 지내시다가 최근 헤어지는 아픔을 겪고, 새 출발을 하기 위해 보형물 수술하신 음경의 크기를 조금 보완해 주는 방법을 들은 바 있으니 시술을 부탁드리노라고 슬쩍 미소를 지으신다. 대단하시다. 역시 나는 아직 초보다.

기억하기로 지난번 보형물 수술 동의서 보호자는 헤어지기 전의 애인이셨고, 오늘 동반하고 수술설명 및 동의서 작성은 연로하신 아드님이 하고 계시다.

과거에 수많은 환자들의 수술결정 과정과 수술 후 만족도의 비교를 분석해 보면 성기능 장애의 초기 치료로는 우선적으로 비수술적인 치료가 우선되어야 한다는 생각이다. 요즘 음경보형물을 상징하는 용어로 남성임플란트라는 광고카피를 보게 된다. 치과에서 비수술적인 치료 후에 마지막에 치아임플란트 수술을 결정하듯, 음경보형물 수술도 성기능의 증진 목적이 아닌 최후의 치료법으로 선택함이 옳다.

수술은 즉흥적이 아닌 심사숙고 끝에 성기능의 재활목적 치료로 결정해야 할 일이다. 모든 치료법이 유효하지 않았고 배우자와의 충분한 교감과 필요에 의한 시술이 이루어졌을 때 만족할 수 있다.

헤어라인

샤워실의 바보 浴室里的傻子

2000년대 초반 젊은 대학생들이 탈모 치료제 복용 후 성기능 장애가 동반되어 진료실을 찾는 걸 보면서, 진료실에서 탈모 환자를 보는 일은 없는지라 사적으로 탈모에 대해 물어보는 사람이 있으면 말리곤 했다. 하지만 전립선 비대증 약물의 복용이 탈모치료의 기본 치료제로 되다보니 학회의 관심도 많고 동료 의사들의 대화에도 자주 오르내린다.

탈모에 대한 관심은 아시아계에서 특히 한국에서 뜨겁다. 얼마 전 환자가 지방병원에서 탈모치료에 용하다는 병원의 처방전을 보고 깜짝 놀랐다. 다모증(多毛症: hirsutism)이 부작용으로 알려져 있는 이뇨제(利尿劑: diuretic)가 포함되어 있었다. 요즘은 여성 무모증 환자도 몰린다는 입소문이 나있다고 한다. 의사도 환자도 '탈모치료'에는 물불을 안 가리나 보다.

피부과 병원에서는 탈모는 '타이밍이 중요하다!'고, 조기에 관리와 치료를 해야 효과가 있다고 적극적으로 치료를 권하신다. 탈모는 우리 사회에선 '남모를 고통'으로 규정지어 놓았다.

한국에서 적극적인 치료인구가 점점 많아지고 있는데, 대표적인 탈모 치

료법은 탈모약이다. 탈모약은 단순히 탈모 진행을 멈추는 데 그치지 않고 얇고 짧아진 머리카락을 점차 굵어지고 길어지게 한다. 특히 탈모약은 정수리 쪽 머리카락의 밀도가 줄어든 사람에게 더 효과가 좋다.

하지만 영구적인 효과를 나타내는 약은 없다. 약을 먹을 때는 잘 유지되던 머리카락이 약을 끊으면 점차 서서히 줄어든다. 기간은 최소 3개월은 치료해야 효과가 나타나기 시작한다. 3개월이 길게 느껴지기도 하지만 꾸준히 치료하면 호전을 보인다. 탈모약은 비활성 상태의 남성호르몬을 활성 상태로 전환시키는 효소를 차단하는 역할을 하는 약이다. 활성형 남성호르몬이 줄어들면 모낭이 작아지는 것을 막을 수 있고, 바르는 약(성분명 minoxidil)은 모낭 주변의 혈관을 확장하고 모낭의 성장을 촉진하는 역할을 한다. 이렇게 먹는 약과 바르는 약은 작용하는 기전이 다르므로 함께 사용하면 더 효과가 좋다.

50대 환자들은 기본적으로 전립선특이항원(PSA) 검사를 먼저 받는 걸 설명하지만 30~40대 환자들은 탈모치료제를 먹으려면 전립선특이항원(PSA) 검사를 먼저 받아야 한다는 사실을 모르는 경우가 있다. PSA는 전립선의 상피세포에서 합성되는 단백분해효소로 전립선암 선별에 유용한 종양표지자다. 다만 전립선비대증과 전립선염 등에서도 증가할 수 있는데 PSA 수치가 한계치 이상으로 증가하면 전립선 암검사를 위해 조직검사를 해야 하는데, '피나스테리드'와 '두타스테리드' 등 2가지 성분탈모치료제를 오래 먹게 되면 PSA 수치가 낮아져서 전립선암 검사 해석이 잘못 될 수 있다는 점을 알아야 한다. (두타스테리드 투여 3개월 후에는 혈중 PSA 수치가 40%까지, 6개월 후에는 50%까지 감소) 현재는 모든 환자에게 설명을 하고 검사 후 탈모약을 처방하고 있다.

탈모약의 가장 큰 관심은 장기적으로 성욕감퇴, 발기부전 등의 연관성이다. 경험적으로 일시적인 저하는 많이 경험하지만 장기적으로는 그렇게 심각한 정도는 아닌데 오히려 성기능보다 정액량의 변화와 오르가즘의 변화를 불편해 하는 경우도 많다.

바르는 탈모치료제는 미녹시딜을 주 성분으로, 두피로 가는 혈류를 증가시켜 모낭을 건강하게 만들어주고 모발 생장 주기도 연장해 준다. 이 제품은 탈모치료제로는 FDA 승인을 받았으며, 두피 흡수와 건조가 빨라 사용 편의성과 치료 효과가 높은 제품이다.

탈모는 병적인 상황의 중증 원형탈모를 제외하고는 신체적 고통이나 기능의 저하를 가져오는 것은 아니다. 탈모 증상보다 심리적으로 위축되어 콤플렉스를 가진다. 게다가 대인관계, 사회생활에 영향을 미침으로써 직간접적으로 자신의 신체 이미지를 변화시키고 우울, 분노, 수치심 등의 심리적 변화까지 동반될 수 있다. 서양보다 아시아계에서 탈모에 대한 관심이 큰 것은 서양에서는 40대를 넘어가면 절반 가까이 탈모가 발생하는 만큼 자연스러운 현상이다. 우리 사회가 〈서로 탈모를 의식하고, 아는 척을 하는 게 문제〉인 것 같다. 너무 쉽게 남의 외모에 대해 이야기하고 서로 평가하는 습관도 지나친 문화라고 생각된다.

개별적으로 이를 극복해가는 과정도 가능하다. 자신의 상황을 가감 없이 받아들이고, 의학 치료가 아닌 다른 방식으로 만족감을 찾는 경우도 있다.

50대 친구들 중에는 탈모약을 먹고서 성기능 변화를 겪고 나서야 탈모를 받아들이고 '나의 건강과 기능이 우선'이라고 주체적인 변화 이후 생각이 바뀐 경우들이 있다. 자신의 있는 그대로의 상황을 받아들이고 건강과 성기능에 집중하니 오히려 만족감과 자존감을 찾는 경우도 있다. 이들은 주체적인 변화 이후 인생이 달라졌다고 말한다.

어떤 이들은 서양 생활을 통해 자연스럽게 극복했다고도 한다. 쓰고 다니던 모자를 벗어던지고 다른 사람들을 만나 생활하는 자신감도 완전히 회복하는데, 한국에서 경험하지 못한 자연스러운 분위기의 도움을 받았다는 것이다. 외국친구들은 우리나라에 비해 탈모도 빨리 오고 가리지도 않고 당당하게 사는데 특히 한국 사람들이 탈모에 대해 위축이 되는 경우가 많다는 것이다. 탈모를 고민하는 사람들 대부분 주변의 지적이나 놀림 때문에 스트레스를 받지, 자기 자신이 부족하다고 생각해서 움츠러드는 건 아닌 것이다. 심리적 해결이 탈모치료의 모든 것은 아니지만, 우리 사회가 탈모를 지나치게 희화화해서는 안 되겠다.

남성탈모 치료 결단의 고민이 바로 위에 언급한 남성탈모 치료 부작용 중에는 성기능 저하가 있다는 사실이다. 탈모로 고통받고 있지만 탈모치료 부작용 중 성기능 저하를 우려해 치료를 망설이고 있는 경우도 많다. 친구들 중에는 탈모약을 먹고서 성기능 변화를 겪고 나서 약을 끊었다가, 탈모가 심해진다고 다시 복용하는 고민 남들도 있다.

샤워실의 바보는 노벨 경제학상 수상자인 밀튼 프리드먼이 정부의 시장 경제개입에 반대하기 위해 사용한 비유이다. 샤워하기 위해 수도꼭지를 틀면 차가운 물이 나온다. 깜짝 놀라 수도꼭지를 따뜻한 물 쪽으로 돌리면 갑자기 뜨거운 물이 나와 다시 한 번 놀란다. 또다시 수도꼭지를 차가운 물 쪽으로 돌리면 차가운 물이 나온다. 뜨거운 물, 차가운 물 쪽으로 번갈아서 돌리는 바보 같은 행동이다. 이렇게 행동을 하는 사람을 '샤워실의 바보'라고 부른다.

탈모약 열풍이라고 남 의식해서 친구들이 50대 진입 후, 전립선비대증 약 '피나스테리드', '두타스테리드'를 먹겠다고 줄을 선다. 전립선과 성기능 두 마리 토끼를 잡겠다는 욕심이 남성들의 문제다. 먹고 나면 머리숱은 늘어나는데 정력은 줄어들고, 오르가즘도 약해졌다고 고민된다고 투덜댄다.

이래저래 온탕 냉탕이다.

제 5 장

橫說竪說 오르가즘

횡　설　수　설

알콜중독
오늘의 금주를 위하여!

술과 성기능을 논하기 전에 진료실에서 만나는 여성의 음주도 상상을 초월한다. 여성은 남성보다 음주로 인한 간질환 위험도 더 높은 것으로 알려져 있는데, 남성이 10년 간 하루 1병씩을 마시면 간경변증에 걸릴 위험이 높아지는 반면, 여성은 그 절반인 하루 반 병씩만 마셔도 위험이 비슷해진다는 조사도 있다. 만성 방광염 환자들 중에는 술집을 경영하시면서 술을 즐기시는 중년 여성들도 있지만, 여고생들이 급성 방광염으로 왔다가 음주 습관 때문에 치료가 되지 않을 지경이니.

50대 환자가 본인도 여성도 만취된 상태에서 성관계를 하다가 음경을 이빨에 물려 한참 고생을 한 일이 있다. 이로 깨물린 상처는 입안에 세균이 많아서 감염의 가능성이 높기 때문에 처치를 잘해야 하는데, 만취상태에서 상처를 입었고 생식기를 다친 경우라 우물쭈물하다가 시간이 지체되어서 상처 치료에 오랜 시간이 걸렸고 나중에 강직도의 변화까지 와서 큰 고생을 하였다.

60대 부부가 한잔 하시고 관계 중에 부인이 음경 중간부위를 살짝 물었다고 하는데, '딱' 소리와 함께 백막 섬유가 끊어진 경우가 있었다. 발기구조에

서 백막은 내부는 원형섬유로, 외부층은 길이방향의 종형섬유로 되어 있는데, 원형섬유가 끊어지면 음경이 발기되면 '모래시계' 모양의 변형이 올 수 있다. 게다가 누출정맥으로 혈류가 새어나가기 때문에 발기될 때, 모래시계의 허리부분보다 먼 쪽은 강직도가 떨어지는 힘든 상황이 연출된다.

술을 지나치게 마시는 것이 신체에 좋지 않음을 모르는 사람은 없다. 알코올을 분해할 때 생긴 '아세트알데하이드'는 그 자체로 해롭다. 또한 간에서 다양한 종류의 반응성 산화물질과 사이토카인이 분비되어, 염증 매개 물질이 간세포를 손상하게 된다. 또한, 인체에 이로운 항산화 물질을 없애고, 활성산소를 늘려 간염과 간 섬유화(간경화)를 일으킨다. 술을 매일 마시는 사람의 90%는 지방간이 있으며, 이 가운데 20~40%에서 간세포 손상과 사멸, 염증세포가 축적되는 지방간염이 관찰된다. 반복되는 음주는 결국 간경변증으로 진행하는 것이다.

'물장사' 하는 이들의 고충은 들어올 때 멀쩡한 '고객님'이 갑자기 돌변하여 인사불성 '취객님'이 되는 것이다. 법률회사, 편집부, 교무실, 공사장, 미장원, 슈퍼마켓 계산대, 건축사무소, 병원, 그 어디에나 알콜중독자가 있다. 이들 중에는 가족을 가진 사람들도 많고, 학부모 모임, 영화관, 주말 야외 놀이장소, 친구 결혼식장에서도 만나게 된다. 사회적인 성공을 거두고도 '알콜'에 심각하게 빠져든 사람도 많다. 보이지 않는 전쟁터에서 자신을 위로하기

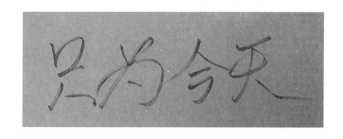

위해 술에 손을 대고 의존하는 것이 '알콜중독'이다.

알콜중독자가 서로 도와주는 동맹 AA(Alcoholics Anonymous)에서 외치는 주문이 있다.

〈오늘의 금주를 위하여!〉〈Just for Today(只为今天)〉

바로 오늘을 위해 노력할 것이다! 금주뿐이겠는가! 세상일이 오늘만이라도 뜻대로 잘 이루어짐이 바로 기적임을 알아가는 게 인생인데.

그런데 술을 마시면 성욕은 증가하지만 성기능에는 치명적이다. 술만 마시면 부인에게 폭력을 행사하는 등 알코올로 인한 가정불화도 술의 문제점이다. 알콜중독 전문 병원에 입원하는 사례들은 '충동조절'에 어려움을 보여 폭력이 동반되는 경우가 많다. 주취 관련 폭력의 속내에는 만취된 대뇌피질이 만든 수치심의 가림막이 마음으로는 올라서는 성적 욕구와 행동으로 옮길 수 없게 만드는 성기능의 복합작용이 있다.

정상적인 음주는 개인의 긴장이나 스트레스 해소에 도움을 준다. 실제로 한두 잔의 술을 마시면 긴장이 풀리고 기분이 좋아진다. 알콜이 뇌의 쾌감조절중추를 자극해 엔돌핀과 도파민의 신경전달 물질을 자극하기 때문에 즐거운 기분을 느낄 수 있다. 그러나 만성적인 과음은 엔돌핀과 도파민의 분비를 점점 둔화시키고 신경전달물질 분비에 영향을 주므로 정서불안, 불면증, 기억상실 등을 유발한다. 알콜은 또 대뇌를 마취시켜 판단을 흐려지게 만든다. 우리가 술을 마시면 알콜은 즉시 대뇌 피질에 영향을 미친다. 평상시에는 이성을 담당하는 신피질이 구피질을 제어해 감정적인 말과 행동을 자제하게 만들지만 알코올이 들어가면 신피질의 구피질 제어력이 약해져 신피질의 구속을 받던 구피질이 마구 명령을 내리게 된다. 이로 인해 음주자는 기분 내키는 대로 말하고 과격한 행동을 하게 된다. 술의 중추신경계 진정효과는 평소에 이성을 억제하고 있는 스위치의 작동 또한 느슨하게 만들어 자제력, 통제력까지 상실하게 만드는 원인 중에 하나이다.

술을 적당히 마시면 중추신경계가 자극되고 혈액순환을 원활히 하기 때문에 성욕을 증가시킨다. 하지만 과음은 성기능에 필요한 신경계를 마비시키고 성적 능력을 감소시킨다. 게다가 지속적인 음주는 호르몬, 내분비계의 균형을 깨뜨려서 발기능력손상이 동반된다. 만성적 알콜중독자 중 성감 저하와 사정장애를 호소하게 되어, 심한 음주 습관을 가진 사람들은 대다수가 성기능장애를 보인다. (60%의 발기장애, 50%의 사정기능부전, 전체적으로 85%의 성기능장애)

충동 조절이 잘 되지 않아 폭력적인 사람이 성상대와 교감이 제대로 될 수 없고, 블랙아웃(필름이 끊기는) 현상이 일어나는 사람에게서 정상적인 성관계를 기대할 수는 없다.

아무리 건강에 어쩌구 해도, 사람들은 술을 마음 달래는 도구로 사용한다. 그러다보니 술은 인류의 역사와 같이했다. 술 한잔이 기쁜 감정을 더욱 기쁘게 하기도, 울적한 마음을 달래주기도 한다. 잔칫상에 빠질 리 없고, 기쁘거나 슬플 때 한잔 하게 되는 것이 술이다. 사랑할 때도 술은 멋진 벗이 된다. 하지만 술은 두 개의 얼굴을 지니고 있어서 적당할 때는 약이지만 지나치면 사랑을 방해하는 훼방꾼이 될 수도 있다. 그리스 철학자 아나카르시스는 '술 한 잔은 건강을 위해, 두 잔은 즐거움을 위해, 석 잔은 방종을 위해, 넉 잔은 광란을 위해'라고 했다. 술을 어떻게 마셔야 할지를 가늠케 하는 말이다.

신체적인 나이가 들어감에 따라 심리적인 나이가 뒤쫓아 가지 못함을 빗댄 경구가 있다.

'나이 들어 귀먹는 건 소소한 것은 흘려들으란 뜻', '나이 들어 눈 흐릿한 건 세세한 것 눈감으란 뜻', '나이 들어 안서는 건 쓸데없는 방종말란 뜻' 그리고 '나이 들어 술 안깨는 건 과음하면 병든다는 뜻'일진대 사람이 제분수 모르고 안달허다 망치더라!

한국의 음주 문화에는 공동체 의식도 강하게 나타나는 것 같다. 술자리에 빠지지 않고 참석하느냐, 술이 얼마나 세냐 하는 것이 사회성과 능력의 척도로 사용되는 독특한 문화이다. 술도 똑같이 마셔야 한다는 게 술자리의 불문율이다. 그렇다 보니 굳이 먹지 못하는 술을 남에게 억지로 먹이는 문화가 독특하다. 이렇게 억지로 권하는 술 소비량으로 따지면 한국이 단연 세계 1위일 것이다. 당연히 자신의 분수껏 마시는 사람보다는 거의 전투에 임하는 자세로 '회식' 및 '술자리'를 위해 몸과 마음을 가다듬는 사람이 대부분이다.

55세 공무원 S씨는 건강악화와 근래 들어 발기가 되지 않고 발기가 되더라도 사정이 불가능한 무감각 증세에다 우울증세까지 호소하여 내원했던 환자이다. 그는 20년 이상 직장생활 중 매일 격무에 시달리면서도 술자리가 계속되어 사업과제 완성마다 한 잔 한 잔 하다 보니 그 결과 만성 간염, 심한 당뇨 등 신체적 건강도 말이 아니었고 정신적으로도 심한 우울증이 동반되어 안타깝게도 성기능 회복을 위한 어떤 치료도 불가능한 최악의 건강상태였다. 이런 건강상태에서 발기부전에 대한 치료만을 우선 고려한다는 것은 불가능한 일이다.

술은 필요한 때에 행복감을 느끼고 식욕도 생기고 자신감이 오를 정도로 즐겨야 사랑하는 사람이나 상사에게 하기 힘든 말을 꺼낼 수도 있는 약이 될 수 있겠다. 만약 사고에 혼란이 생기고 자기통제가 힘들며 무책임한 말을 내뱉는 단계를 거쳐 비틀거리고 혀가 꼬부라지며 서있기 힘들어지는 상황이 반복된다면 인체의 균형은 깨어지고 의사도 손들게 되는 위기에 처하게 된다.

❁

无酒不成席

('모임에는 술이 꼭 있어야 한다.' '어떤 자리든 술이 빠질 수 없다.')는
말인데 절대 과하진 말아야 한다.

❁

페이로니

누구에게나 일어날 수 있는 일

사람이 '성적(性的)으로' 흥분된 상태에서 극도로 자제력을 발휘한다는 것은 지극히 어려운 일이다. 대개의 성관련 사고들이 일어나는 이유도 여기에 있다. 성욕의 분출이 적극적인 형태로 나타나는 남성에서는 더욱 그러하다.

사춘기에 자위행위를 막 시작한 어린 학생들이 자위행위와 연관된 여러 가지 심리적 갈등을 호소하는 것을 보면, 자위행위 중에 '감당하기 힘든 흥분으로 절제력을 잃게 된다'고 걱정이다. 실제로 강박적 성격의 소유자들은 절정감(오르가즘: 性高潮)의 순간에 자신이 무절제의 상태로 될까 두려워 '절정감장애'를 가지게 되는 경우까지 있다.

어린 학생들이 숨어서 조바심 내며 시작한 자위행위 도중 너무 팽창된 음경을 흥분한 나머지 꺾거나 무리한 힘을 가해 벌어지는 손상의 경우가 드물지 않다. 한 번 익숙해진 쥐어짜는 듯한 압력주기가 반복되어 점차 발기력의 변화를 보인 만성적인 음경 손상 환자들이 신혼의 발기부전으로 등장하기도 한다.

'엎드려 뻗쳐' 운동을 하다가 갑자기 발기가 된 상태에서 장판에 미끄러져

음경을 다친 경우, 백과사전 펼쳐 놓았는데 뒤에서 동생이 밀쳐서 무거운 책에 부딪혀 다친 경우도 있었다. 버스 안에서 자꾸 발기가 되는 통에 가방으로 누르다가 '뚝' 소리와 함께 손상을 받기도 했다.

사춘기 학생들끼리 친구들끼리 모여 놀다가 잠든 친구 음경에 엄마 화장품 빈 플라스틱병을 끼워 놓았다가 아침에 빠지질 않아서 전신마취하고 톱으로 잘라내느라 땀도 빼 보았다. 이제는 화장품병과 일반 음료 페트병을 구분해서 어떻게 잘라내야 하는지 경험이 쌓여가고 있다.

젊은이들뿐 아니라 성적으로 활발한 이들은 과격한 성행위로 인해 발기된 음경의 손상으로 음경골절(발기구조를 이루는 음경해면체를 둘러싼 백막의 파열)이나 미세한 손상으로 후유증을 가지게 되는 경우도 있다. 성행위와 연관되어 발생하는 손상의 경우 자칫 숨기려 하다가 더 큰 후유증을 남길 수도 있다. 과격한 성행위는 여성 상위에서 성상대자의 과격한 움직임으로 꺾여 눌리는 경우도 있고, 여성이 음경을 깨무는 경우, 무리한 힘으로 가격하는 경우, 체위를 바꾸다가 미끄러지는 경우 등 다양한 사례들을 찾아볼 수 있는데 대부분 흥분한 상태의 절정감에서 불의의 사고를 당하는 경우가 많다.

성생활이 왕성한 청장년에서는 성관계 도중 체위를 바꾸는 동안 무리한 자세가 되어서 음경 골절이 되는 경우가 가장 흔하다. 가장 치명적인 경우로 여성 상위로 아주 격렬한 성관계 도중 음경이 빠져있는 상태에서 서로간의 치골뼈에 음경이 압박되어 백막과 함께 요도까지 완전히 찢어져 계속 요도 쪽으로 과다 출혈이 되어서 심야에 응급으로 8cm를 봉합했던 일도 있다.

대부분의 음경골절이 커다란 혈종과 부종으로 밤에 응급 수술을 받는 것은 아니고, 미세한 파열음이 느껴지고 나서 서서히 통증과 불편함을 느껴서 나중에 수술을 하거나 보존적으로 약물치료를 하는 경우도 있다. 나중에 다친 부위에 변형이 와서 음경이 발기되었을 때 통증이 오고, 변형이 와서 한쪽으로 휘거나 심한 경우에는 뒤틀리고 모래시계 모양이 되기도 한다.

기억에 남는 환자로 요도 양측에 길이방향으로 7~8cm 되는 딱딱한 전선줄 같은 경결이 생겨서 수술을 했던 경우가 있다. 2000년대에도, 흔히 하지정맥류가 나타나는 '대복재정맥(大伏在靜脈); great saphenous vein'을 절편으로 이식하는 수술방법이 넓은 조직 결손을 메꾸는 유일한 방법이어서, 세밀한 바느질로 5~6시간 동안 봉합수술을 하였다. 이 환자는 당시 60세로 혈관이식으로 어느 정도 음경이 아래쪽으로 휘는 각도는 교정이 되었지만, 수술 후 관찰결과 음경발기 강직도가 약간 떨어지는 결과를 초래했다. 혈관 절편 이식도 큰 수술이었는데 몇 개월 만에 또 음경보형물을 수술하게 되어 환자가 힘들어 했던 기억이 있다. 오랜 시간이 지나서 환자와 다시 만나 그 이야기를 나눈 적이 있다. 음경손상을 받던 날, 다른 성상대와의 관계 중에 일이 벌어졌고, 수술과 수술 이후 수습과정에서 부인에게 설명하는 과정이 너무 힘들었노라고.

50대 중반의 W씨가 목욕을 하다가 음경에 단단히 만져지는 멍울을 우연히 발견하고 이상하게 여긴 지 3개월, 기능도 모양도 만족할 수준이던 음경에 통증이 동반되면서 휘어지고 통증과 발기력 저하로 당황하여 병원을 찾았다. 맨 처음 이 병을 기술한 프랑스 외과의사의 이름을 따서 '페이로니병'이라고 하는 이 병은 주로 45세에서 60세의 중년남성에서 나타나는 질환으

로 발기구조를 싸고 있는 단단한 백막에 반흔조직인 탄력성이 없는 조직이 생겨나서 발기될 때 이 부분의 팽창이 줄게 되어 음경이 휘고 통증이 생긴다. 음경의 변형이 동반되므로 휜다는 의미로 '음경만곡증'이라고도 하며 대개 발병 3~4개월 후에 병원에 내원해서 약 1년 정도 병이 진행된다.

페이로니병의 원인은 개인별로 어떤 소인이 있을 때 손상이 동반되면 발생한다는 가설이 유력하지만, 손상 없이도 발병하는 경우는 아직도 명확한 원인은 알지 못한다. 200여 례의 음경만곡증 환자를 검사한 결과 약 30%는 발기부전이 동반되고 국소 주사치료와 약물치료의 보존적 치료를 시도하여 대부분의 경우 증상의 완화를 관찰할 수 있었고, 치료에 실패할 경우는 수술적 치료로 모양과 기능을 회복하게 된 경험하였다.

수술적인 치료는 단단하게 변형된 상처부분을 절제하고 그 부분에 혈관을 대체하여 이식하는 부분적인 수술이 있는데 혈관은 주로 종아리 정맥류 생기는 대복재정맥(大伏在靜脈)을 떼어 이식한다. 발기부전이 동반된 환자에서는 변형 교정과 함께 발기력에 대한 치료로서 음경보형물 수술을 하게 된다.

2018년에는 타코실(Tachosil: 피브리노겐/트롬빈) 지혈제 부착포를 사용하여 수술시간의 단축과 성공적인 수술결과로 만족도를 높이고 있다.

82세 환자가 재혼을 앞두고 작년부터 진행된 음경의 모양 변형과 성기능

장애로 내원하였다. 재혼을 앞두고 성기능의 회복이 반드시 필요한 상황으로 수술적 치료로 음경보형물삽입술을 선택하였다. 외형적인 만곡증과 재혼을 앞두고 큰 걱정거리였던 성기능을 모두 해결한다는 수술적인 방법에 대해 수술 3개월이 지나서 자연스런 외형과 기능을 경험하시고서 만족스런 표정으로 인사를 하신다. 수술이라고 해서 걱정만 앞섰는데 이렇게 다 해결될 줄은 모르셨다고.

한편 선천성 음경만곡증은 페이로니병보다는 드물며, 성행위가 불가능한 경우는 거의 없는데, 때로는 요도해면체의 형성부전이 선천성 음경만곡증의 원인이 되어 청소년에서도 선천적인 문제로 기형적인 만곡증을 가지는 경우가 있다. 많은 청소년이 다소간의 만곡증을 고민하는 경우가 있는데, 선천적인 음경만곡증은 만곡의 정도가 심하면 수술적으로 교정이 가능하다. 이는 요도 아랫쪽으로 당겨지는 색대 때문에 아래로 심하게 휘는 환자가 가장 많으며 대부분의 환자가 1회의 수술로 오랫동안의 고민으로부터 벗어날 수 있다.

만곡증의 원인이 불명확할 때, 이중초음파촬영술을 이용하면 정확한 음경의 해부학적 이상소견을 알아낼 수 있다. 전공의 시절 세브란스병원에서 진단된 환자들을 이중초음파로 병변을 분류하는 기준을 석사학위 논문으로 했던 인연으로 30년 동안 만곡증 환자들과 인연을 맺고 있다.

음경만곡증이 있는 경우 선천적이거나 이차적으로 발생된 페이로니병의 경우 모두 드러내 놓기 힘든 당황스러운 병으로 숨길 것이 아니라 음경의 이상부위를 정확히 찾아내어 적합한 약물과 수술적 치료를 결정하는 데 크게 도움을 받을 수 있다.

1년 전 음경 손상을 크게 받고서, 약간의 변형이 왔는데, 어떻게 되겠지 하다가 음경 전체가 등나무 같이 뒤틀린 50대 남성을 보면서, '비뇨기과 진료실의 문턱이 너무 높구나!' 절감했다. 역시 음경 질환은 평생 말 못할 괴물

(unspeakable monster)이 되는 경우가 많아 안타깝다.

음경에 통증이나 변형이 왔을 때, 암 같은 병은 아닐까, 성행위가 불가능하게 되는 불치의 병은 아닌지, 주위에 물어볼 수도 없고 어디 찾아봐도 속시원한 설명도 없으니, 몇 개월 고민하다가 결국 비뇨기과에서 면담하고 고민과 아픔을 내려놓게 된다. 교과서에는 처음 증상을 느끼고서 평균 3개월이 되어야 병원에 내원한다는 조사 결과도 있다.

실제 경험하면 가슴 철렁하는 일이다. 하지만 상담만으로도 대부분에서 악성질환도 아니고, 서서히 진행되는 상태임을 이해할 수 있다. 이후, 단계적인 치료계획으로 큰 걱정에서 벗어날 수 있다.

누구에게나 일어날 수 있는 일이다.

사후피임

왜 나만 걸렸을까요?

사후피임약이 허가된 이후, 토요일 아침 20세 여학생이 들어서서 사후피임약을 처방해 달란다. 어제 친구들과 술을 먹고 필름이 끊겨 일어났더니 아래쪽이 무척 고통스러운데, 아마도 옆에서 술을 마시던 몇 명의 모르는 남자들과 관계한 것 같으니 약을 먹어야 될 것 같다고 심드렁하게 말한다. 일단은 처방을 해주면서 분비물 생기면 산부인과 검진을 다시 한 번 받도록 권했는데 너무 태연히 일어서는 모습이 놀라울 따름이다.

21세 여성이 아래가 화끈거린다는 증상으로 내원, 방광염검사를 위한 방광내 소변은 정상이고 오히려 분비물에서 임질에 감염된 것으로 나타났다. 급성요도증후군이라고 불렸던 여성 급성 배뇨통의 30%에서는 냉이 많아지면서 발생한 급성 질염환자들이 발견된다. 이 여성은 열흘 전에 세 사람과 관계가 있었다는데 진료실에서 처방 받고 나갈 때까지 계속 고개를 갸우뚱거린다. '누구랑 한 게 걸린거지?' 하면서. 진료의사는 어이가 없다.

스물아홉 총각이 들어서면서, 새 여친이 자신과 성관계를 원하면 '관계 전 증명서'를 요구하고 있으니 잠시 파트너랑 통화를 해야 된다고 한다. 핸드폰

으로 전화를 걸어 간호사라는 여친을 바꿔준다. 수화기 너머 젊은 여성이 몇 가지 종류의 세균을 검사하는지, 균 이름을 자세히 나열한다. 12가지 성병균주를 확실히 검사보내고, 에이즈(AIDS), 매독 혈액 검사 진행하고 전체결과를 문서로 보내라고 요구하신다.

"네, 알겠습니다." 대답했다. 어디서 근무하시는지 여쭈어 보지는 않았다. 눈물이 앞을 가린다. 웃음과 섞여서.

언제부턴가 양가에서 요구하는 '결혼 전 건강증명서'에 성병, 생식능력검사결과를 포함한 호르몬검사 보고서를 문서화해서 교환하는 서류를 작성하면서 '세상 참 변했다' 했는데. 또 바뀌어간다. 이제는 관계 전 건강증명서가 대세인가! 이래저래 즐겁다고 해야 할지, 현명하신 분들이라 해야 할지.

병원 근처에 중, 고등학교가 몇 군데 있어서 심심치 않게 십대들과 면담을 하게 된다. '무서운 중학교 2학년'이라는 세태를 반영하듯 중2 남학생 세 명이 당당한 모습으로 진료실에 들어왔다. 찜찜하니 검사를 하러 왔다는 것이다. 검사해 보니 한 학생이 요도염에 걸려 치료를 요하는 상황이어서 성관계가 있었냐고 했더니 10명이 같이 했는데 왜 나만 걸렸냐고 신경질적으로 반문한다. 같은 반 한 여학생하고 했는데 자기만 걸린 것은 이해할 수 없는 결과라고 씩씩거린다. 주의를 주고 훈계를 해야 할 사람은 필자인데, 속이 상해서 야단을 치려다가 꼭 참고 '성병이 나중에 얼마나 무서운 결과를 초래하는지' 차분히 설명을 해주고 처방을 하려고 생각해 보니 고민이다. 성병에 쓰는 항생제 중에는 성장기 청소년에 쓰면 안 되는 약이 주성분이라 다른 종류의 항생제로 바꿀 수밖에 없는데.

'왜 나만 걸렸을까요?' 화난 목소리의 그 질문이 귓가에 뱅뱅 돈다.

32세 미혼남성이 여자 친구와 떠난 여름휴가 피서지에서 콘돔을 사용하지 않은 채로 첫 성관계를 가졌고, 이후 소변을 볼 때 통증을 느끼고 속옷에 분비물까지 묻어나오자 비뇨기과를 찾았다. 검사를 해보니 비임균성 요도염이었다. 치료를 시작하면서 자신은 다른 파트너와의 경험이 없었다며 계속 의아해 하더니만 결국 여자 친구가 업소에서 부업을 하고 있다는 충격적인 사실까지 알게 되어 헤어졌다고 하는데.

30세 갓 결혼한 여성이 결혼 후 임신을 준비하고 있었는데 외음부 및 질 안쪽이 가렵고 평소와는 다른 분비물이 나오는 것을 발견하고 산부인과에서 클라미디아 감염증이라는 진단을 받았다. 남성에서 비임균성 요도염을 일으키는 클라미디아는 여성에 감염되면 30% 정도가 골반염으로 난관이 막혀 불임이 될 수도 있다. 골반내 염증이 진행되면 자궁외임신이나 만성 골반통으로 만성적으로 고통을 받게 된다. 이처럼 성병은 개인적으로는 당황스런 일이지만 정신적인 문제로 끝나는 것이 아니라 심각한 건강상 문제나 2세 전염 등의 합병증이 발생할 수 있기 때문에 조기 치료가 더욱 중요하다. 여성 환자들은 주로 부인과에서 진료하고, 요즘은 원인균에 대한 진단을 붙여 남성치료를 위한 진료의뢰가 많아져서 남녀가 동시에 방문하는 경우가 많아지다 보니 사연이 다양하다.

성병을 치료하면서 가장 곤란한 예는 한쪽의 외도에 의한 성병과 본의 아니게 배우자에게 2차감염이 이루어져 이후에 벌어지는 사건이다. 대부분 동시에 두 사람이 동반치료를 해야 하는데 이 과정에서 성병에 대한 설명을 하기가 여간 힘든 게 아니다. 어물쩍 상대방에게 목욕탕이나 헬스클럽에서 감염된 것 같다는 얘기를 하고 치료에 집중하기도 하지만, 대부분 진료실 앞에서 대판 싸움, 일전을 벌인다.

최근 들어 성기나 항문 주위의 사마귀 치료 때문에 내원한 환자들을 조사해 보면 동성애자들 사이의 성병의 심각성에 주목하게 된다. 동성애자들의 성병에서 가장 무서운 것이 AIDS(후천성 면역결핍증)이기 때문에 검사를 하면서 사마귀제거술을 하게 되는데 일부 공중목욕탕 휴게실 등 동성애자들의 강제적 행위로 성병에 걸려 내원한 예를 보면 그 위험성으로 볼 때, 매스컴이나 신문기사에서 보던 동성애자들의 문제가 좀 더 조명되어야겠다.

인구 20세 이상 성인 다섯 명 중 한 명은 성병으로 치료를 받거나 받은 경험이 있을 정도로 많은 사람들이 앓고 있고 고민하고 있는 주요 전염성 질환이다. 성병은 성상대가 있는 특수한 감염질환이지만, 적절히 진단만 되면 쉽게 치료가 되기 때문에 혼전 성관계나 부적절한 관계의 경험이 있었던 모든 사람은 혼전 검사로 확인을 하는 것이 안전하다고 조언하고 싶다. 낯선 사람과의 성관계뿐만 아니라 구강성교 등의 검증되지 않은 이와의 충동적 성관계는 모두 자신을 성병에 노출시키는 위험천만한 행위일 수 있기 때문에 충동적 성관계도 주의해야 하고 피할 수 없는 경우 콘돔을 반드시 사용해야 한다. 위의 예에서도 알 수 있듯, 성병은 파트너가 관계된 상대적인 것이며 난잡한 성관계를 피하는 것이 최우선이다. 또, 콘돔을 사용하는 것 외에는 별다른 예방법이 없는 만큼 건전하고 건강한 성생활을 유지하는 것이 피해가는 유일한 방법이다.

성병이란 인류역사와 함께한다고 해도 과언이 아니다. 세계대전에서 실제 전투보다 전투력을 더 상실하게 한 원인이 '성병'이었다는 기록이 전해지기도 한다. 남녀 간의 성행위가 사라지지 않는 한 성병을 지구상에서 몰아내기란 불가능하다. 조사에 따르면 대표적인 성병인 '매독' 감염자 보고 건수가 해마다 늘고 '헤르페스'라 불리는 성기포진도 진료건수가 늘어난다. 성기사마귀의 일종인 '첨규콘딜롬'도 증가했다. 비임균성요도염의 대표균주인 '클라미디아감염증'도 위험성이 가장 높은 균주로서 증가했다. 반면 '임질'과 기타 '비임균성 요도염' 환자는 검사장비(중합효소 연쇄 반응: Polymerase Chain Reaction, PCR)로 DNA의 원하는 부분을 복제, 증폭시키는 분자생물학적인 기술)의 발달로 진단 건수가 증가했다.

최근 매독 등의 성병이 확산되는 원인을 꼬집어 설명하기 어렵지만, 전문가들은 자유분방한 성생활과 수직감염 등이 많은 영향을 미친 것으로 분석하고 있다. 매독에 걸려도 초기에는 통증이 없고 특별한 증상이 나타나지 않기 때문에 모르고 지나치는 환자가 많다. 이들이 다수의 파트너와 성관계를 가지면 병이 주변으로 급속히 확산된다. 바이러스 질환인 첨규콘딜롬은 사마귀를 제거해도 재발할 위험이 높다.

입가에 생기는 물집과 같은 헤르페스 바이러스에 의한 성기포진은 치료제를 사용하면 5일 이내에 증상이 대부분 사라지지만, 신경말단에 잠복했다가 재발이 많다. 매독이 무서운 이유는 조기에 치료하지 않으면 항체가 혈액에 반영구적으로 남아 완치하더라도 혈청반응검사에서 매독 양성판정을 받을 수 있기 때문이다. 매독을 완치하고도 건강검진에서 계속 흔적이 남는 아픔이 있다. 탈모, 피부 발진 등의 증상이 갑작스럽게 나타나면 곧바로 병원을 찾아 검사를 받고 조기에 치료하는 것이 매독의 후유증을 줄이는 방법이다.

성병의 또 하나의 사회적인 문제가 인구의 고령화에 따른 중노년층의 성병 감염문제이다. 성보조기구, 성기능장애 치료제로 개발된 경구약물들이 불법 복제품을 쉽게 구할 수 있게 된 것도 성병 전파에 일조를 한 바 있다. 중노년층 남성에게도 집중적인 성병 교육과 관리가 절실한데, 특히 매독, 임질 등 성병을 효과적으로 막는 '콘돔'에 대한 인식 제고가 필요하다. 특히 노인에게는 성매매 여성 들을 통한 무분별한 성관계가 성병을 확산시키는 원인이 된다. 노인들의 성욕구는 사회적으로 음성적으로 이루어진다는 점 때문에 성병 위험성에 대한 문제를 야기하는데, 70대 노부부의 성생활을 다룬 영화 '죽어도 좋아'의 감동처럼, 노인의 성과 사랑이 사회적 관심사로 떠오른 만큼 현실에서도 건강하고 아름다운 모습으로 발전해야 하겠다.

'중년 이후의 갱년기 건강과 성기능'을 지나치게 증진시킨 비뇨기과 의사들의 책임도 없지 않을듯하다.

오줌소태

성관계 때문이에요!

38세 여성이 자신의 첫 성경험 이후 관계 때마다 급하게 소변이 마려운 증상이 반복된다고 찾아왔다. 성상대자와 결혼을 하고 싶은데 자신의 '성관계 요실금이 결혼에 방해요인이 되지 않을까' 걱정하는데, 가슴이 답답해 온다.

소변검사결과는 급성 방광염이 아니고, 만성적 방광염과 동반된 질염 환자였다. 여성들에게 비뇨기과 진료실의 문턱이 좀 높은가 보다. 이렇게 자주 마렵고 급하거나 통증이 있는 경우, 반드시 '방광 내의 소변검사'가 필요한데, 이는 비슷한 증상으로 나타나는 '급성 방광염', 냉치료를 요하는 '급성 질염', 염증이 없는 상태에서 느끼는 '과민성 방광증상' 등을 가장 빠르게 감별해서 진단할 수 있는 방법이기 때문이다.

여성이 비뇨기과에 내원하는 가장 흔한 증상은 '소변이 자주 마렵다.'는 것이다. 진료실 곳곳에 '진료 전에 화장실 가지 마세요!'라고 크게 붙여 놓았어도 소변을 보고 들어오신다.

기본적으로 소변이 자주 마려운 증상은 자신의 급성 방광염 때문이니, 약처방 해달라는 환자들이 대부분이다. 환자 대다수가 '검색을 해보니 방광염

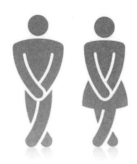

이더라.'라는 진단을 붙여 들어온다. 그런데 방광염 증상이 그렇게 단순한 병이 아닐뿐더러 반복해서 간단한 항생제 복용으로 좋아졌던 경험을 했던 환자가 재발한 경우일수록 항생제 내성과 재발성 만성방광염인 경우가 많다.

의약분업 이전 약국에 가면 '오줌소태' 하면 바로 내어주는 항생제를 쉽게 구입할 수 있었기 때문에, 편하게 증상이 좋아지니 아주 간단히 치료가 되나보다 했었다. 알뜰한 주부들은 3일치 사와서 하루 먹고 잘 싸두었다가 다음에 재발하면 꺼내먹곤 했다. 그저 남들보다 조금 화장실에 자주 가나보다 하면서.

세균감염에서 세균의 박멸 전에 증상만 좋아진 상태로 항생제를 끊으면 방광점막의 이행상피세포 안으로 대장균을 비롯한 방광염 세균들이 들어가게 된다. 세포에 세균이 붙어서 세포 내부로 이동하는 수용체의 기전이 이미 알려져 있다. 다음에 피곤한 면역저하 상황이 왔을 때, 새로운 세균감염 없이 자체적인 세포내 세균에 의한 재발성 방광염이 발생하면 이번에는 이전의 항생제를 아무리 복용해도 효과가 없다. 이것이 방광염 항생제 내성의 기전인데 전 세계에서 한국 여성의 내성률이 가장 높은 이유는 이미 설명한 대로이다.

폐경 이후 이런 항생제 내성환자들이 병원을 돌다 돌다 비뇨기과에 오시면 그동안의 경과와 기전에 대해 설명을 하고 치료계획을 세워드리게 되는데, 이해는 하면서도 실제 행동은 마찬가지로 약먹기와 가끔 먹기 패턴으로 돌아간다. 그래도 중년부인들에게 정성껏 설명드리고, 충분히 설득하면, 단계적인 항생제 치료와 면역치료까지 따라오시는 경우가 많아졌다.

미혼이나 가임기 여성은 항생제 사용과 근본적인 치료에 관해 설명하면 계획대로 치료에 순응한다. 여기서 문제가 되는 것이 치료 종결 후의 재발 관리 방침이다.

68세 여성이 지인의 소개로 몇 년 동안 고생하고 있는 '반복된 재발성 만성방광염'을 해결할 수 있을까 하고, 먼 지방에서 내원하셨다. 놀라운 것은 그동안 서울의 대형 3차 의료기관을 세 곳이나 방문하여 꾸준히 치료하고 실패하고를 반복하였다고 하는데, 비뇨기과 배뇨장애 분야의 교수들을 다 꿰고 계셨다. 단계적인 항생제 치료, 면역치료, 국소 호르몬 치료 등 거의 모든 치료를 경험하셨고, 치료설명에 대한 이해도 높아 몇 번의 방문과 치료로 필자와도 치료를 종결하게 되었다.

3주 후, 다시 오셨는데 표정이 긴박하다. 너무 고통스럽다는 것이다. 치료 경과가 좋았던 생각을 하니 참으로 당황스러웠다. 처음 방문하셨을 때의 설명을 다시 상기시켜드렸다.

〈재발 조건은 지나친 소변참기, 수면부족, 지나친 음주, 회음부의 과도한 비누 세척, 성관계 등인데 간혹 심한 변비 때문에 재발되는 경우도 있다.〉

모든 환자에게 하나하나 예를 들어 설명은 못해도 이 분은 부담도 있어 자세히 설명드렸던 기억이 나는데, 혹시 몹시 피곤하셨느냐고 물어 보았다. 그 연령 때 가장 흔한 경우가 '무리한 일정의 여행, 고민, 수면 부족에 따른 면역저하'이니까.

"성관계 때문이에요!"

아주 분명한 답변이다. 좀 의외서서 그렇게 오래 대학병원들을 다니시면서 고생했는데, 치료 후에 성관계가 재발의 원인이 된다는 걸 모르셨냐는 필자의 질문에 약간 상기된 얼굴로, '두 살 위의 남편이 거의 매일 요구하는데 방광염 치료기간이 끝나는 순간부터 매일 강요하여 지금까지 이렇게 되었다는 것이다.

"지난 번 치료 때, 제가 성관계의 상관관계 설명 후에는 좀 피했어야죠." 했더니 사실 그동안 대학병원에서 치료하면서 항생제나 면역치료하고 주기적인 치료 성공과 실패 간에도, 한 번도 성관계 이야기는 강조해서 들은 적은 없고, 지난 번 필자의 설명에서 하도 강조하길래, '혹시나 했는데,' 역시나'였다는 것이다. 남편의 성관계 요구는 도저히 벗어날 수 없는 분위기라고 한다.

'70세 남성이 매일 요구한다!' 허참, 꼭 한 번 뵈어야 할 분이다. 일단 치료를 하고 다음에 방문할 때, 불편하지 않도록 설명을 드릴테니 같이 방문하시도록 하였다. 이렇게 두 번의 치료로 마지막 치료 종결하던 날, 배우자와 개별면담을 하였다. 방광염의 기전과 중년부인의 특성상 더 쉽게 재발되지만, 치료 직후 한 달간은 금욕기간을 가지시고 부인에게 예방약을 처방하여 고생하지 않도록 하겠다고 설명을 드렸는데, 아주 잘 받아들이신다.

일차 항생제 중에서 마크로리드계 '포스포마이신'은 내성세균이 적어서, 의사 판단하에 단순 방광염의 경우 소변검사 없이도 처방하고 예방약으로도 사용하는 물에 타 먹는 항생제이다. 외국에서는 1회 복용분을 처방하는데, 국내에서는 예방약으로 처방할 수 있다. 매번 재발하는 환자에서 공복에 물 반 컵에 타먹는 약으로, 복용 순응도가 높기 때문에 성공률이 높다.

결국 중년 부부는 1년 반 동안 재발없이 병원에는 안 오시는데, 강원도 태백산맥 너머에서 만성 재발성 방광염 환자를 엄청나게 발굴하여 전원하시고 있다.

마크로리드계 '포스포마이신'이 내성세균이 적어서 치료에 효과적이기는 한데 한 가지 단기간의 '설사 부작용'이 있다. 아무래도 장내 세균의 변화를 가져오는 항생제의 부작용인데 일회성 설사 후 대부분 회복된다.

그런데 처방 사례가 늘어나다 보니 여성중년환자가 대부분 습관성 변비(大便秘結: 대변비결)환자가 많아 항생제의 부작용인 '일회성 설사'를 너무 감사하다면서 십년체증이 해결되었다고 주장하는 아주머니들이 생기고 있다는 것이다. 이러면 안 되는데, 치료 종결 후 괜히 한 번 더 오셔서 인사하고 처방을 원할 때는 난감하다.

급성 단순방광염은 대장균을 비롯한 장내의 세균이 항문 – 요도 – 방광에 이르는 경로를 따라서 방광에 감염을 일으키는 감염질환이다. 장내 세균에 의해서 발생하는 감염성 질환으로 치명적인 질환은 아니지만 방광염에 동반된 증상인 배뇨통, 빈뇨, 요절박 등의 증상은 치료하지 않을 시에 5~6일 정도 지속되고 평균 2일 정도 출근에 제한될 정도의 증상이 심하여 1년에 3회이상 재발하면 만성 재발성 방광염으로 진단하고 심하게 자주 재발하는 환자들은 갑자기 발생하는 증상에 공포심을 느끼기도 한다.

만성 재발성 방광염의 경우는 재발을 막기 위하여 개발한 백신이 적응된다. 그동안 백신 개발을 위한 다양한 연구가 진행되었고, 1980년대에 유럽에서 80% 이상의 급성단순방광염을 유발하는 요로병원성 대장균 균주 18개를 따로 배양한 이후에 감염성을 없애기 위하여 사멸시킨 후에 분획 정제하여 함께 동결 건조한 항원 추출물인 유로박솜(Uro – Vaxom)을 먹는 방법으로 재발을 낮출 수 있다.

유로박솜은 1988년 스위스에서, 1989년 독일, 폴란드, 체코, 슬로바키아, 헝가리 등의 중부 유럽에서 시판되어 재발성 요로 감염의 면역 증강 요법으로 많이 사용되고 있다.

우리나라 환자들이 많이 물어보는 재발성 방광염의 음식 조절 문제는 충분한 수분섭취와 크랜베리 쥬스다. 크랜베리의 생리활성물질은 플라바놀,

프로안토시아니딘, 안토시아닌, 벤조산 등의 성분으로 구성되어 대장균이 요로 상피에 부착하는 것을 억제하고, 박테리아가 성장해 감염을 유발하는 것을 방지하는 데 도움을 주는 효과가 있다.

만성 재발성 방광염의 무서운 합병증은 신장 기능을 손상시키는 '신우신염'의 원인이 될 수 있다는 점이다. 간혹, 처음 방광염이 생겼다고 하는 여성 환자들 중에서 '신우신염으로 입원한 병력은 있다'는 말을 들으면 어이가 없다. 방광염의 반복된 세균감염과 이행상피세포의 대장균 수용체가 신장과 연결되는 요관구를 침범하기 시작하면 거꾸로 올라가서 신우염이 발생하는데 유아시절 '방광요관 역류'를 포함하여 요로감염은 여성 환자의 비율이 훨씬 높다. 40도의 발열, 오한 구토 등의 전신 증상과 옆구리 부위 통증으로 병원에 입원하면 응급실에서 신장내과로 입원하여 항생제 투여 후 발열과 요로감염 조절이 되면 치료를 종결한다. 하지만 일단 신우신염이 발생한 환자를 장기적인 치료가 필요하다는 설명을 하지 않으면 재발성 방광염이 첫 방광염이라는 어이없는 병식(insight)을 가질 수밖에.

이러한 경우가 가임기에 발생하기라도 하면 항생제를 투여하기 곤란한 산모들은 죽어난다. 가임기 여성의 방광염 치료가 첫 감염에서 완전히 치료될 수 있도록 도움을 주어야 하는 이유가 여기에 있다.

노인복지
핫 플레이스 콜라텍

"좋은 거 하십니다!"

비뇨기과 예찬론자 60대 후반의 M 선생님이 들어오신다. '댄스 선생님'이시라는데, 항상 '올빽 머리'에 짙은 선글라스를 끼고 오셔서 여러 가지 흥미로운 정보를 들려주신다. 댄스홀 입장객의 남녀 비율, 업소별 입장객의 수준 차이 등등. 상대해야 할 사람이 너무 많아서 주사와 먹는 약이 다 필요하다고 미소를 띠우신다. 소규모 댄스홀은 우리 병원 바로 뒷골목의 어느 건물이고, 제기동에서 청량리까지의 '콜라텍' 분위기도 전해 주신다.

젊음의 핫 플레이스가 '홍대입구'라면 요즘 중년은 신설동과 청량리 사이 '제기동'에 모인다. 멋진 중년, 노년들이 모여드는 곳, 가히 '콜라텍 전성시대'이다. 필자는 출퇴근길에 경동시장을 지나면서 겉으로는 전혀 화려하지 않은 경동시장 배경의 2번 출구 주변을 쳐다본다.

M 선생님 말씀은 영업시간은 오전 10시부터 오후 6시까지인데 입장료는 단돈 1,000원. 하루 종일 사람도 만나고, 밥도 먹고, 놀 수 있어 무료한 시간을 보내기 좋은 장소이니 유흥장이 모인 '멀티플렉스'이다.

　노년층 놀이문화는 주로 집에서는 멀리 떨어진 곳에서 이루어진다. 마음
껏 즐기고 파트너와 친밀해지면 바로 옆에 연결된 매점과 식당으로 자리를
옮긴다. 생강차, 대추차 한 잔 하시고 자리를 옮기기도 한다. 그들만의 이성
교제가 이루어지는 '노인 복지' 시설이라고 해도 과언이 아니다.

　80년대 디스코텍은 '고고장, 닭장'이라고 불렸다. 학생들이 음료수 입장
권 한 장 사들고 들어가 고고춤, 디스코춤을 신나게 추고 땀범벅이 되어 나
왔다. 대학졸업 후에 인턴 레지던트 하던 시절, 후배 대학생들 사이에는 당
시 '요즘 잘나간다는' 카페 형태의 술집이 유행하였는데 '락카페'라고 하여,
신나는 음악이 나오면 복도에서건 테이블에서건 서서 흔들흔들 춤들을 추었
다. 호기심도 나고 가보고도 싶었는데 도무지 열악한 레지던트 근무시간에
맞질 않아 과거의 기억 속에 묻어놓았었다. 그러다가 90년대 중후반에는 학
생들 사이에 락카페와 함께 콜라텍이 인기를 끌었다는데, 이들의 차이점은
단속 때문에 '주류를 파느냐' 맥주가 아닌 콜라, 사이다 등 '음료를 파느냐'의
차이였고, 곳곳의 대학가에서 성업하였다고 한다.

　몇 년 전부터 중년환자들을 통해 다시 '콜라텍' 이야기를 듣게 되어 호기
심이 발동했다. 그런데 진료실에 오시는 중년들 말씀이 서울 시내 종로부터

청량리까지 수많은 '콜라텍'이 생겼다고 하시기에, 옛날 생각이 떠올라 분위기를 여쭈었더니 그냥 어르신들 가는 무도장이라고 하신다.

노인의 성(性) 문제로 보도된 신문기사 내용에도 시내 종묘공원이나 영등포 등지의 노인들이 많이 모이는 곳의 공원주변이나 콜라텍에 가보면 감취진 '노인들의 性' 문제가 충격적이란 이야기다. 1만원에 6알 가짜 정력제가 길에서 버젓이 거래되고 노인 상대 '박카스 아줌마'들이 1~2만원에 성매매를 유인한다고 한다. 콜라텍의 큰 중심지 영등포시장 인근에 가면 손님 1,000명 중 10분의 1은 성매매 하려는 노인들이라고 한다. 노인들이 일상적인 커뮤니티를 이루고 있는 서울 종묘공원과 영등포 일대에서는 일부 노인들은 드러내놓고 성적 행동과 성매매에 거리낌이 없다. 과연 고령화되어 가는 이 시대는 '콜라텍을 권하는 사회인가?'

실질적인 성 능력이 감퇴되지 않은 홀로 사는 노인들이 사람들의 시선을 피해 콜라텍 등에서 이성을 찾는 성향을 보고 사람들이 곱지 않은 시선을 보내기도 하지만, 이것은 노인들의 성생활을 제대로 이해하지 못하기 때문이다. 국내 최대 콜라텍인 영등포의 모 콜라텍에는 주말이면 2,000명 정도 입장한다는데, 영등포로타리 일대의 10여 개 콜라텍에 몰려드는 중년들이 얼마나 많은지 상상이 간다. 이렇게 많이 모이는 이유는 아마도 돈이 적게 들고 즐겁게 하루를 보낼 수 있기 때문일 것이다. 비가 오나 눈이 오나, 부담 없이 이성과 만나서 즐겁게 놀 수 있는, 일종의 노인들의 해방구라고 하겠다.

65세 중년 이후 2/3 이상이 성생활을 하고 있다. 하지만 대다수 노인들은 나이가 들면 배우자 문제 등, 여러 가지 이유로 성 문제에 대해 솔직하기 어렵다. 심지어 일부는 정상적인 성생활을 하지 못하고 매춘으로 욕구를 해소하는가 하면, 불법 비아그라나 성보조기구에 손을 대는 사례도 많다. 이 때문에 최근 노인 성병도 사회 문제로 대두되고 있다.

　이제는 사회적으로 미디어의 성적인 토크 수위도 높아졌다. 한참 인기를 끌었던 드라마에서는 중년들의 로맨스를 그렸다는데, 멜로보다는 섹스코미디에 가깝고, 심야에 방송되는 토크쇼들에서는 아예 '뭘 좀 아는 어른들을 위한 라이브 TV쇼'를 표방하고 성적인 코믹코드가 강한 코너들로 채워져 '19금 방송'으로 나간다. 안방에서 접하는 방송에서도 야한 농담부터 성적인 본능까지 대담하고 직설적으로 표현한다. 실버를 위한 방송에서는 성기능에 대한 수술을 포함한 정보를 대량 제공하여, 비뇨기과에 가면 중년의 문제가 '쉽게 해결되는지 확인해 보려는' 적지 않은 전화 상담에 시달린다.

　'성적인' 표현방식이나 이를 지켜보는 대중의 반응도 과거와 달리 유쾌하게 웃기고 공감을 불러일으킨다. 성적인 문제는 솔직하고 코믹한 웃음으로 포장한 접근이 오히려 덜 부담스러울 수 있다. 왜냐하면 '성(性)'하면 너무 무거울 수 있기 때문에, 자극보다는 웃음으로 부담 없이 가볍게 받아들여져야 한다. 노인의 성문제도 마찬가지가 아닐까?

　진료실에 내원한 중년남성들의 전언에 의하면 콜라텍도 연령대별로 모여드는 수준이 차이가 나는 장소들이 있고, 정말 하루를 편하고 즐겁게 지낼 수 있다고 한다. 콜라텍의 휴게실에서 술 한 잔도 할 수 있고 점심식사도 가능하고 원하는 상대와 얼마든지 즐길 수 있다고 환한 표정으로 말씀하신다.

여성과 남성의 입장객 비율이 '10대 1'이 넘을 정도여서 춤만 좀 출 줄 알면 남성입장객의 인기가 하늘을 찌른다고 자랑하신다. 콜라텍 안에서도 춤추는 파트너들끼리 여러 가지 사건이 벌어지기도 한다는데, 파트너와 깊은 관계까지 갔는데 성기능이 문제가 되어서 다른 남자를 선택하게 되고 이전 파트너는 섭섭해서 싸우고 하느라 폭력이 오가기도 한다. 결국 콜라텍에서도 비뇨기과적 힘이 작용하는 듯하다.

그리고 보니 70, 80대의 성병환자의 진료비중이 높아졌다.

88세 노년이 반복된 매춘 이후에 통증에 시달리면서도, 꾹 참고 다음에 또 똑같은 문제로 오서서 윙크하시는 애교도 놀랍지만, 94세 임질환자를 진료할 때는 '고령화시대의 성생활'이 많이 달라졌다는 실감이 났다.

진료실에서도 자연스럽게 일상에서 이루어지는 중년들의 성적 행동이나 에피소드를 경험삼아 성상담의 분위기도 더 유쾌하고 밝게 풀어갈 수 있고 건강한 중년의 성도 보장될 수 있을 것 같다. 각자의 인생관이 다르듯, 성적인 가치관은 개인차가 심하다.

인구 고령화와 함께 베이비붐 세대의 '은퇴준비' 이야기가 사회적 이슈이다. 경제적인 은퇴준비가 되지 않았을 때 벌어질 사회경제적인 충격이 문제가 될 수 있다. 숨겨졌던 은퇴 문화의 중심 '콜라텍'을 간접경험하면서 더 늦기 전에 무도수업을 갈고 닦아야겠다는 생각은 꿈에서나 가능한 일일까?

지역의사회 원로 회장님께 콜라텍에 대해 '쭉~' 말씀드렸더니, 한 말씀하신다.

"개원 의사들 병원 진료시간과 콜라텍 영업시간이 '오전 10시부터 오후 6시까지' 똑같구나!"

제 6 장

起承轉結 오르가즘
기 승 전 결

초고령화

가장 행복한 순간은 바로 지금!

65세 이상의 인구가 전체 인구의 7% 이상을 고령화 사회, 14% 이상을 고령사회, 20% 이상을 초고령사회(超高齡社會 / Super-Aged Society)라고 한다. 한국은 2025년 초고령사회 진입이 예상되는데, 인류가 사회를 이루고 발전 끝에 처음으로 맞이하고 있는 사회로, 경제와 사회면에서 처음 겪게 되면서 전망이 엇갈린다.

경제 사회의 전망이 아니라 우리 각자는 '개인의 삶의 초고령화'도 고민해야 할 시점이다.

'육십청년' 꼭지에서 인용한 대로, 인구사회학적 관점으로 복지혜택을 받는 65세가 노인의 기준이다. UN이 1956년 65세부터 노인이라고 지칭한 이래 노령화를 가늠하는 척도로 쓰였지만, 2015년 새로운 연령기준을 제안했다. 인류의 체질과 평균수명 등을 고려한 〈생애주기〉 5단계는 다음과 같다.

0~17세는 '미성년자',
18~65세는 '청년',

66~79세는 '중년',

80~99세 '노년',

100세 이후 '장수노인'

'나이 드는 맛'(존 릴런드)은 초고령사회의 '장수노인'들에 관한 이야기다. 뉴욕에 거주하는 85세 이상 후기 노년의 노인 여섯 명의 삶을 1년여 동안 지켜보며, 그 나이가 되어야만 깨달을 수 있는 삶의 지혜를 담고자 했다. 아마도 우리 사회가 초고령화될 때는 '노년의 생애주기'가 또 바뀔지도 모를 일이다.

나름대로 인생을 안다고 생각해왔고, 노년의 고통과 어려움을 보여주고 싶었던 저자는 그 생각을 버려야만 했으며, 한편으로 겸손해질 수밖에 없게 되었고, 자신의 생각을 바꾸게 되었다는 것이다. 나이를 든다는 것은 죽음에 가까워지는 것이지만, 반면에 행복한 삶을 찾는 지혜를 터득하는 과정이다. 인생의 노년기에 행복해지고 싶다면, '나이든 사람들처럼 생각하는 법'을 배워야 한다.

"곧 죽어도 행복, 그거면 되지 않겠어?"

어디서 많이 들어본 대사다. '죽어도 좋아'의 대사와 똑같다.

행복예찬론이 세상을 채우고, 각종 연구와 책들로 넘쳐난다. 모든 책에서 행복에 대해서 공통적으로 이야기하는 부분이 지금 나에게 주어진 이 순간에 대해서 말한다. 그리고 건강에 대해서 말한다. 얼마를 사는 것이 아니라 얼마나 건강하게 사는 것이 중요하다고.

그렇다면 모두에게 걱정거리가 생겼다. 과연 건강하지 않은 삶은 의미가 있는 것일까? 그리고 그렇게 살아가는 것이 행복한 사람일까에 대한 물음이다.

초고령자들은 모두 자신만의 일과가 있었지만, 원칙은 전부 같았다는 것이다. 이제 얼마 남지 않은 시간과 에너지를, 자신이 좋아하고 또 여전히 할

수 있는 무언가를 하는 데 사용해야 한다는 것이다. 한때 자유자재로 했으나 더 이상 그럴 수 없는 것들을 아쉬워하면서 시간을 소모해서는 안된다는 것이다. 만약 젊었을 때와 비교해 능력이 3분의 1이라면, 진정 하고 싶은 일에 그 힘을 써야 된다. 얼마 남지 않았다는 것을 아는 노인들은 당장 즐거운 일에 에너지를 집중하는 반면, 아직 갈 길이 먼 젊은이들은 앞으로 쓸모가 없을지도 모르는 새로운 경험이나 지식을 쌓는 것을 선호한다. 그러면서 나중에 혹시라도 필요한 것이 있을까 봐 초조해한다. 반면 나이가 많은 사람들은 이미 가진 것 중에 가장 좋아하는 것들 몇 가지만 추려냈다.

미래에 '죽어가는 이야기'가 아니라 지금 '살아가는 이야기'에 관한 토론이 되어 갔다.

'늙으면 죽어야지!'라는 말은, 얼마 남지 않은 시간과 에너지를, 자신이 좋아하고 또 여전히 할 수 있는 무언가를 하는 데 사용해야 하는 현명한 노년들은 하지 않는다. 오히려 어제보다도 감소된 에너지로도 즐길 수 있는, 오늘 진정 하고 싶은 일에 그 힘을 쓰는 것이 노년 삶의 지혜이다.

젊었을 때 '그래야만 행복하지!'라고 주문을 외우게 된다.

나이 들면 '그럼에도 불구하고 행복하지!'라고 느낄 줄 알게 된다.

전자를 젊음의 괴로움이라고 하고, 후자를 노년의 즐거움이라고 한다.

70대 후반 뇌경색과 경증의 인지장애가 동반되어 집안에서 생활하게 된 남성 환자의 진료를 담당했다. 중추성 신경인성 배뇨장애 때문에 80대 중반을 넘겨까지 장기간 방광억제제를 쓰고 있었다. 뇌혈관질환 환자들은 대뇌의 억제기능 변화에 따라 신경인성 방광은 대부분 용적이 줄면서 방광의 배뇨압력도 높아져서 점차 조절능력을 잃게 되는데, 행동까지 불편하신 경우는 성인기저귀를 상용하게 된다.

오랜 시간 보호자들과의 면담으로 집안의 형편이 개별적으로 집안에 상주하는 도우미를 둘 정도가 되어서 최근 1년 정도 같이 해오던 분이 있는데, 이분을 다른 분으로 교체한 후 부친이 난폭해졌다는 것이다. 나중에 알게 된 사실은, 기저귀관리와 목욕을 돕던 지난번 도우미가 '환자가 원하는 대로 성적인 자극'을 해드렸다는 것이다. 그러다가 새로 오신 도우미가 전혀 도움을 드리지 못하면서 부친의 성격이 난폭해지셨다는 것이다. 난처한 상황으로 나중에 도우미 때문에 계속 고생했는데 알게 모르게 노년층의 성생활의 갈등이 문제가 되는 경우가 많고, 초고령화가 될수록 더욱 문제가 되는 것이다.

85세 이상의 노년층의 성생활에 대한 조사결과를 보면 초고령화의 문제점인 인지장애, 치매증상이 큰 이슈가 된다. 초고령화의 1/4에서는 필연적으로 동반되는 인지장애, 치매환자가 요구하는 성에 대한 상대방의 동의문제,

요양원의 성생활과 가족들이 요구하는 규정문제들이 고령화 사회에서 해결해야 할 숙제이다. 아직 공식적인 정책이 만들어진 바도 없어서 노년층의 '섹스'는 마치 '죽음'이라는 단어와 비슷하게 사람들이 하기는 하지만 정작 아무도, 적어도 공공연하게는 그 말을 꺼내지는 못하는 것이다.

필자가 장황하게 '나이 드는 맛'을 인용하여 노년 삶의 지혜를 설명한 이유는 '가위 – 바위 – 보' 이야기를 한 번 더 강조하고자 함이다.

진료실에서 부부상담을 해 보면 성생활이 바로 가위 – 바위 – 보와 같은 게임이라고 느껴지며, 노년의 삶에서는 가위 – 바위 – 보는 어떤 의미가 되어야 하는지에 관한 고민을 해보게 된다.

젊었을 때라면 '이겨야 행복하지!' 주문을 외우게 된다. 나이 들면 '이겨도 져도 다 재미있지!'라고 느낄 줄 알게 된다.

전자가 젊음의 성적(性的) 고민이고, 후자를 노년의(性)의 즐거움이라고 한다.

〈가위 – 바위 – 보 잘 안되는 분〉들을 면담하다 보니, 이건 꼭 어깨를 들어올리지 않아도 정다운 눈길로 손짓만으로도 승부도 가르고, 비겼다고 웃을 수도 있고, 때때로 지기도 하면서 즐길 수 있는 게임인 것이다.

그리고 〈묵 – 찌 – 빠〉 꼭지에서도 언급한 대로, 중년에서 노년으로 한 수 높아지시면 당부드리는바, 이기려고만 하지 말고 비겨가며 해보는 재미를 느껴보시라고 말이다. 왜냐하면 '가위 – 바위 – 보'든 '묵 – 찌 – 빠'든 비겨야 자꾸자꾸 재미나게 할 수 있기 때문이다.

'중년수업'에 늙어가는 것과 나이들어 가는 것에 대한 비교설명을 보고, 생물학적으로 나이를 먹는 과정과 대비되는 '젊은이에게는 없는 것이 생겨나는 것'을 나이드는 것이라고 했다. 사람을 다루는 법, 관계를 보는 눈, 풍부하고 다채로운 경험, 세월이 가르쳐준 직감, 욕망을 조절할 수 있는 지혜 등이 나이든 사람에게는 생겨나는 것이다.

나이 들며 성적으로 생겨나는 새로운 것에 대해 필자는, '성상대를 다루는 법', '성관계의 깊은 의미', '풍부하고 다채로운 성경험', '세월이 가르쳐준 성감', '오르가즘을 조절할 수 있는 지혜'라고 설명했다. 중년에서 노년으로 성숙해 가면서 그 성숙도는 자신의 에너지 눈높이에 맞추어야 하겠다.

동양문화에서의 성은 무조건 절제되어야 한다는 무의식적 억압과 실제 생활에서 슈퍼맨과 같은 비현실적인 신체상을 추구하는 것이 현대사회의 모순이며, 이 때문에 세상 사람들은 성문제에 대해 심한 심리적인 갈등에 빠져있다.

맛을 느끼지 못하고 오로지 배를 채우기 위해 음식을 먹고 마시는 것은 인생을 살면서 삶의 참맛을 제대로 느끼지 못하면서 하루살이, 이리저리 방황하는 인생과도 같다는 뜻이며 이는 깊이 있는 '성(性)'의 의미를 횟수 채우는 의미로 살아가는 것과 같은 의미가 아닐까 한다.

人莫不飮食也, 鮮能知味也
맛을 느끼면 멋도 따라오기 마련이다.

랍비 '조슈아 리브먼'은 '죽음은 삶의 적이 아니라 친구라는 생각이 든다.'라고 했다. 언젠가 끝이 있기 때문에 삶이 더 소중하게 느껴지는 것이고, 노년이 되면 자연스레 이 사실을 깨닫게 되지만, 나이를 막지 않은 사람도 이를 받아들이는 것은 어려운 일은 아니다.

'나이 드는 맛'의 저자 '존 릴런드'가 필자의 '앙코르 오르가즘(Encore orgasm)!'을 읽고 나중에 책 이름을 지었으면 '앙코르 마이 라이프(Encore my life)!'라고 타이틀을 만들었을지도 모를 일이다.

에이아이(AI)

불편한 진실 'Elephant in the Room!'

영화 〈데몰리션맨〉 세대인 필자는 남녀가 만나 가상현실의 사랑을 나누는 영화장면 때문에 이 영화를 기억하지만, 요즘 세대는 인공지능(AI)세대가 되어 '가상현실의 성'이 자연스러운 현실이 되어가고 있다. '데몰리션맨'은 1990년대의 고전 SF영화로 오락물이지만, ICT 정보통신기술에 의존하는 나약한 미래인과 터프한 과거의 형사가 벌이는 미묘한 갈등으로 트랜스 휴머니즘이 주는 가치관의 혼돈을 표현했다.

'에이아이(AI)'라면 필자는 바둑계의 '알파고'의 승부 정도 그리고 의료용 인공지능인 IBM 왓슨이 의사를 대체할까봐 노심초사하는 의식 수준이다. 아마도 우리또래 친구들과 동료들은 차세대 5G 시대의 자율주행차량이 운행되면 '음주운전이 없어지고 대리운전이 없어지지 않을까' 하는 생각이 제일 앞 순위에 떠오른다.

에이아이는 인공지능(artificial intelligence: AI)이다. 스티븐 스필버그 감독의 영화가 현실화되어 무면허 왓슨 선생님이 이미 국내진료를 시작하셨고, 아직은 한국에서는 좀 그러신데 나중에 의사가 필요 없어진다니 추운 노후 걱정이 앞선다.

에이아이(AI)는 감염학에서는 '조류 인플루엔자(avian influenza: AI)'를 의미한다. 겨울마다 수시로 뉴스거리인데 가금류도 문제지만 언젠가는 우리도 인체 감염 때문에 소란을 피울지도 모른다. 비뇨기과 의사는 조류 아닌 조루 독감과의 감별진단에 관심이 지대하다.

에이아이(AI)는 컴퓨터 소프트웨어 시장에서는 '어도비 일러스트레이터(Adobe Illustrator: AI)'이다. 결코 싸지 않은 뽀샵 프로그램인데, CG 컴퓨터 그래픽 시장의 최고의 프로그램이다.

필자가 '에이아이(AI)'를 들고 나온 이유는 사실은 비뇨기과의 '인공수정(artificial insemination: AI)'을 이야기할까 해서다. '뭐 눈엔 뭐만 보인다.'고, 비뇨기과 의사눈에는 AI라면 '불임 시술'이 생각나는데, 시험관아기 시술은 IVF – ET(in vitro fertilization & embryo transfer)가 정식 의학용어이다. 체외수정배아이식. IVF(체외수정)를 시행하여 수정한 수정란이 몸 밖의 배양액 내에서 난할(cleavage: 세포분열)을 시작한 것을 확인한 후 모체의 자궁에 이식하는 인공적인 임신법이 그 정의이다.

출산 고령화는 이미 달성한 지 오래고, 이에 따른 고위험 임신도 문제다. 불임병원에서는 난임환자도 늘고 국가에서는 출산율을 떠받치려고 불임 및 고가의 '시험관아기 시술'을 의료보험에서 지원해 주고 보조금까지 혜택을 준다고 법석이다.

'불편한 진실(不舒服的真相)'이란, 많은 사람들이 암묵적으로 동의하지만, 대놓고 말하기는 꺼려지는 것들. 그게 사실이라고 해도 공개적으로 언급하면 까이거나 비난받을 가능성이 크다. 영어권에서는 다들 알면서 말하기 부담스운 걸 코끼리에 비유한다.

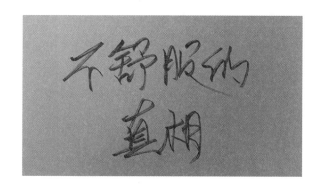

'Elephant in the Room!

불편한 진실(不舒服的真相)'

불임 환자 치료의 'Elephant in the Room'은 '정계정맥류'라는 남성의 고환 질환이다. 고환 윗부분에 위치한 그물모양 정맥 혈관 다발이 비정상적으로 확장되어 생긴다. 주로 좌측 음낭의 피부 밑으로 지렁이 같이 얽힌 혈관들이 보이며 말랑말랑하게 불거진 혈관이 만져진다.

고환 위부터 만져지는 혈관이 내정소정맥이라, 고환이 매달려있는 코드: 정삭(spermatic cord) 안에 포함된다. 정삭은 고환을 먹여살리는 혈관, 생식 통로(정로)인 정관이 들어 있는데, 이 중에서 정맥의 비정상적인 확장이 마치 다리 종아리의 '하지정맥류'처럼 불거진 상태인 것이다.

문제는 일반 남성의 10%에서 정계정맥류가 발견되지만 불임 남성에서는 40% 이상에서 발견된다. 정맥 내 판막이상 등, 정맥의 유출 경로가 관계되어 있는데 좌측 정맥 경로의 차이로 인해 90%는 왼쪽에 생긴다. 고환 쪽으로 혈액이 역류되는 힘이 커질수록 고환의 기능이 떨어지면 초기에는 정자의 운동성이 떨어지고 나중에는 숫자도 감소해서 심한 정액이상소견을 보인다.

과거에는 불임의 경우 정계정맥을 결찰하고 나서 몇 개월이 지나면 자연적으로 정액소견이 좋아지면서 자연임신의 확률이 현저하게 높아졌다. 그런데 불행하게도 여성의 문제가 없고, 남성의 정자 운동성이 조금 떨어지는 많은 '경계성 정계정맥류의 환자'들이 고령의 임신 문제 때문에 서둘러서 시험관아기를 선택하는 것이다.

30년 비뇨기과의사생활의 보람이 수많은 정계정맥류 환자들과 출산의 기쁨을 나누었던 일이었다. 지금도 뚜렷한 정계정맥류의 수술은 충분히 설명하고 진행하게 되지만, 안타깝게도 일부는 수술 후 몇 개월의 호전기간을 기다리지 못하는 경우도 있고 아예 불임병원에서 정계정맥 수술기회조차 제시하지 않는 경우도 있기 때문이다.

정계정맥이 수술적으로 호전된 경우 수개월 후의 정자운동성의 변화를 보는 이유는 지금 생성된 고환의 정충이 7미터의 부고환의 관을 통과하면서 운동성을 얻는데 2~3개월의 시간이 걸리는 시간지연 현상 때문이다.

그래서 우리 선조들은 '삼신할미'께 현명하게도 정성껏 '100일 기도'를 드려 지금 만들어지고 있는 정충의 '3개월 후 건강한 배출'을 소원하였던 것인데 이 모든 것이 '비뇨기과적 지식을 바탕으로 한 기원'이였던 것이다.

이제 2019년에는 영화나 공상 과학소설 등에서만 보던 '하늘을 나는 자동차'를 현실 세계에서 볼 수 있을 시대가 온다고 한다. 증강현실(AR)과 가상현실(VR)을 합친 혼합현실(MR)의 등장도 기대된다.

의료계에도 체외진단용 소프트웨어 등 가상현실(VR) 또는 증강현실(AR) 기술이 적용된 기기나 소프트웨어 첨단 기술 활용한 의료기기의 시대가 다가왔다. VR(Virtual Reality, 가상현실)은 컴퓨터로 특정 환경이나 상황을 가상으로 만들어주는 기술이고, AR(Augmented Reality, 증강현실)은 사용자가 눈으로 보는 현실세계에 가상 물체나 이미지를 겹쳐 보여주는 기술이니 '포켓몬GO'처럼 실제 현실세계에 가상의 생명체나 물건들이 추가되는게 AR, 증강현실이다.

'가상 현실 섹스'가 어떻게 될지 '데몰리션맨' 세대 사람들도 궁금한데, 조만간 '사이버 섹스'도 현실이 될 전망이다. 가상현실(Virtual Reality) 속에서 센서칩을 통해 실제 성행위와 유사하게 만지고 느끼는 감각을 구현할 수 있는 기술이 개발되고 있기 때문이다. 가상현실에 대한 관심이 커지면서 HMD(Head-mounted Display)도 발전되었고, 이미 페이스북은 가상현실 헤드셋을 만드는 오큘러스VR을 인수했다고 한다.

이렇게 대두된 사이버 섹스는 인간의 성(性)을 어떻게 변화시킬까? 향후 막대한 수익을 창출할 또 하나의 거대시장으로 '사이버 섹스'를 지목하고 싶다. 가상현실이 인터페이스 기술의 끊임없는 혁신에 힘입어 한없이 진짜 현실을 수렴해간다면 인터넷의 최대 수혜자가 포르노 사이트였다는 평가가 있듯이 사이버 섹스 또한 미래에 그런 모습으로 달려가지 않을까?

성의학적인 야동중독에 대해서도 언급한 대로 현대인의 혼자* 자극의 심각성이 진행 중인 상황에서, 가상현실 속에서 센서칩까지 구현된다면 '사이버 섹스'는 현대 사회의 인터넷과 포르노그라피의 폭발적인 흥행이 이루어진 전철을 밟지 않을까.

이제는 진료실에서 성적인 관계가 '교감행위'라는 것을 상담하고 깨우치도록 돕는 수준이 아니라, 성행위와 출산이라고 하는 분리된 생식능력 수행기관이 될까 심히 걱정이 된다.

오늘도 매스컴에서는 세계 최초로 〈5G 차세대 이동통신〉을 상용화한 대

---

* 혼자 자극(刺戟), 자기애적성향(自己愛的性向), 자체성감(自體性感)

한민국을 외치고 있는데, 세계 최첨단을 달려 가상현실을 접하게 되는 성상
담 진료실의 미래의 분위기가 궁금하다.

음식남녀

아모르파티(Amor Fati: 運命愛)

아이를 출산하고 20년 동안 '단 1분도' 눈을 뗄 수 없는 부모들이 있다. 발달 및 지적 장애 자녀를 둔 부모는 '우리 아이보다 단 하루만 더 살았으면 좋겠다.'는 소원인 어머니들이다. 자녀 때문에 마음 놓고 외출 한번 하기도 어렵다. 항상 집에 누군가가 남아서 자녀를 돌봐야 하기 때문이다.

과잉행동을 보이고 10대 중반을 넘기면서 성적인 충동을 공공장소에서 또는 집에서도 폭박적인 성행동을 해결하지 못한 아이들을 진료실에서 주기적으로 만난다. 행동장애 치료를 맡은 정신과 선생님의 의뢰로 시작한 치료가 누적되다 보니 주기적으로 5명의 건장한 청년이자 과잉행동장애 환자들과 진료실에서 만난다. 내 책상 위를 마구 헤집고, 가습기를 툭치고 순간순간 변화하는 그들의 표정과 행동을 보면서 엄마들이 존경스럽다.

어떤 환자는 주간에 맡겨지는 시설에서 이상한 성행동에 노출된 이후 항문자극 행동이 시작되어 요즘 한창 고생 중이다. 부모 동의를 받고 호르몬 차단제를 쓰는데, 가장 강력한 화학적 거세를 요구하는 보호자들도 있어서 상담실에서 마음속 눈물을 적신다. 게다가 모든 약물이 의료보험 대상이 아

닌데다가 만약에 화학적 거세를 한다면 전립선암 치료제를 유지해야 하는데 이는 약제비가 만만치 않다. 다행히 방문하는 청년들이 모두 조절 가능한 범위에 들어왔다. 중간에 화학적 거세를 진행할 뻔 했던 위기도 있었지만 다행히 호르몬 차단제로 모두 유지하게 되었다.

그중 한 엄마는 혼자 키우시는데 직장맘이다. 진료실에 들어설 때마다 필자는 엄마들께 만들어낼 수 있는 가장 부드러운 표정을 지어 보이려고 힘써 보는데 엄마 혼자 오는 경우는 그게 가능한데 아들과 같이 온 경우 표정을 어떻게 해 볼 도리가 없네. 엄마들이 뒤돌아가면서 남기는 올해의 화두는 '이제는 힘으로도 안돼요!'다. 어렸을 때 엄마의 힘으로 제압되던 시기가 지났다. 어느 날은 헤어스타일이 산발이 되어 방문한 엄마의 눈에 눈물이 그렁그렁하다.

아무 말도 못하고 처방전을 쥐어드리는 무력감은 정말 힘들었다.

30대 초반의 시각 장애인 남성이 한 달이면 하루 이틀 빼고, 매일 반복되는 몽정으로 의뢰되었다. 결혼을 앞둔 청년인데 사정 억제 약물 중 우울증 치료제(세로토닌 재흡수 억제제)에 반응이 좋았다.

억제목적이 달성되고 용량이 잘 유지되던 어느 날 방문한 토요일 오후, 진료실 문을 걸어 잠그고, 20대부터 계속된 자신의 성적인 고민과 격정을 쏟아내던 날 나도 울었다.

주말 내내 아모르파티(Amor Fati: Love of fate, 運命愛) 생각이 떠오르는데, 철학자 니체가 비뇨기과 의사의 '운명관(運命觀)' 고민을 알아주실까?

중증장애인의 입장을 이해하고, 성적인 부분에 있어서 전문 교육을 받은 전문가들이 중증장애인의 성관계를 지원해주는 건 윤리적으로도 어긋나지 않는다고 생각한다는 의견이 있지만 입장에 따라 의견이 분분하다.

중증장애인의 경우, 이성을 만날 수 있는 기회가 매우 적을 뿐만 아니라 손이 자유롭지 않아 자위행위조차 어렵다. 그들의 성적 욕구 해소를 돕는 성활동보조인이 있으면 좋겠다는 주장이 많다. 그러나 그 범위에 있어서는 의견이 나뉘고 있다. '비장애인', '정상체위', '삽입성교' 중심의 정형화된 성문화에 맞춰 일회성으로 성적 욕구를 해소하는 성 서비스로 규정하지 말고, 개념을 더욱 확대해야 하는 고민이 있는 것이다.

외국의 예로 보면, 장애인 스스로 성적 권리, 성적인 것과 관련한 가능성 혹은 관계성 등을 인식하도록 하기 위해 바디페인팅, 탄트라 마사지 등을 통해 자기 몸의 성감대, 성적 에너지가 어딘지를 확인하도록 한다. 여기서 핵심은 성기 삽입이 없더라도 충분히 성적 만족을 느낄 수 있다는 것이다. 이성을 만나지 못하는 장애인 당사자는 성욕을 해소하기 위해 '자위행위'를 하기도 한다. 하지만 중증장애인일 경우에는 이마저도 힘든 실정이며, 중증장애인의 장애 정도에 맞는 자위 기구의 개발은 아직 미비하다.

미래의 가상현실을 통한 성문제 해결이 '사이버 섹스'를 통해 3차원 가상세계를 구축해 이미지를 보여주고, 최첨단 성기구를 통해 10%의 신체적 접촉까지 곁들인다면 충분한 대안을 만들자는 미래 지향적 의견도 있다.

음식남녀(飮食男女: Eat, Drink, Man, Woman)라는 중국영화가 있다. 전통

요리의 대가인 아버지와 세 딸이 벌이는 경쾌한 가족 드라마이다.

〈饮食男女〉는 영화 제목이기도 하지만 원래 예기(礼记)에 등장하는 "饮食男女, 人之大欲存焉"(음식과 남녀에는 인간의 커다란 욕망이 있다)라는 말에서 유래된 것이다.

이 말은 곧 "食、色、性也"(음식과 성욕은 인간의 기본 본성이다)라는 뜻이다. 다시 말해서 사람이나 동물 등 세상에 존재하는 생명체는 그 생명체를 유지하기 위해 반드시 무엇인가를 먹어야 하며, 또 그 종족을 보존하기 위해 암컷과 수컷 사이에 생식 행위가 일어나야 한다는 이야기로 예기(礼记)에서 바로 이 인간의 가장 원초적인 욕구를 '음식남녀(饮食男女)'라고 한 마디로 표현하고 있는 것이다. 즉, 음식을 먹고 마시는 일과 남녀 사이의 성욕은 생명을 유지하고 종족을 번식시키려는 인간의 가장 원초적이자 기본적인 본능이라는 것이다.

공자는 인간의 커다란 욕망을 식욕과 색욕으로 보았다. 식·색은 끊기가 불가능하다. 적정한 선에서 조절할 수 있을 뿐이다. 이 적정선이 시대에 따라, 문화권에 따라, 처한 환경에 따라 다르다.

"음식과 남녀간의 사랑은 사람들이 크게 바라는 일이고 사망과 빈고(貧苦)는 사람들이 크게 싫어하는 일이다."라고 되어 있으니 그 원문은 "飮食男

女 人之大欲存焉, 死亡貧苦 人之大惡存焉"이다.

먹고 마시는 일과 남녀 사이의 애정 문제가 가장 중대하다고 남도 아닌 공자님께서 말씀하고 계셨으니 일단 되씹어 보자. 필자는 진료실에서 매일 공감 그 자체다!

한국에서 이 유명한 25년 전 영화를 3년 전에 리바이벌 상영했단다. 유명 호텔 요리사이자 아버지 '주사부', 기독교 신자 첫째 딸 '가진', 커리어우먼 둘째 딸 '가천', 패스트푸드 아르바이트생 막내 '가령'은 나이가 들면서 미각을 잃어감과 동시에 가족들과 흩어져 살게 된다. 결혼과 사랑을 위해 독립을 계획한 사랑하는 세 딸을 위해, 아버지는 오늘도 정형화된 일방적인 저녁 만찬을 준비하고 가족들을 초대하는데, 세 딸들의 인생은 뒤죽박죽이 된다는 이야기이다.

인생이란 한입 먹어보기 전엔 그 맛을 알 수 없는 것 아닌가?

어쩌면 인생은 내 입맛에 맞는 음식을 찾아가듯 내게 맞는 인생을 찾아가는 것인지도 모른다. 그리고 정석대로 만든 요리가 꼭 맛있는 요리가 아니듯이 완벽하다는 것이 항상 행복한 인생이 아니라는 게 이 영화의 스토리이다.

〈가위 바위 보〉 꼭지에서 언급한 '성의학'의 '성(性)'의 의미를 또 한번 외치고 싶다.

'마음이 있지 않으면, 보아도 보이지 않으며 들어도 들리지 않으며 먹어도 그 맛을 알지 못한다.(心不在焉 視而不見 聽而不聞 食而不知其味)'는 대학의 명언과 '사람들은 음식을 먹으면서 그 음식 맛을 제대로 알지 못한다.(人莫不飮食也, 鮮能知味也)'는 중용의 철학은 인생의 참맛과 '성(性)'의 의미를 깊이 있게 느끼게 한다.

이 세상에 매일 음식을 섭취하지 않는 사람이 없다. 그 맛을 느껴보라는 경구가 무엇인지 알아가는 것이 '성(性)'의 의미를 느끼면서 살아가는 것과 같은 의미라는 공자님의 말씀이 어른거린다.

시험범위

시험범위 없는 공부가 진짜 공부

'율곡 이이'는 공부란 늦춰서도 안 되고 성급해서도 안 되며 죽은 뒤에나 끝나는 것이다. 만약 공부의 효과를 빨리 얻으려 한다면 이 또한 이익을 탐하는 마음이다. 공부는 늦추지도 않고 서두르지도 않으면서 평생 꾸준히 해나가야지 그렇지 않고 탐욕을 부린다면 부모가 물려준 이 몸이 형벌을 받고 치욕을 당하게 만드는 것이라고 했다. 처절하기까지 하다.

'자로'가 처음 공자를 만나서 학문이라는 게 도대체 무슨 도움이 되는가고 토론하다가, 대나무 밑동을 잘 다듬어 깃털을 달고 그 앞머리는 쇠촉을 달아 날카롭게 연마한다면 그 가죽을 뚫는 것이 더 깊어진다고 하는 〈깊어지자는 설득〉에 무릎 꿇고 가르침을 청했다는데.

'스피노자'도 '나는 깊이 파기 위해서 넓게 파기 시작했다!'라고 외치지 않았는가.

필자는 요즘 집안에서, 다들 힘들게 공부하고 있는, '로스쿨' 다니는 아들과 성악을 전공하는 딸에게 격려차원에서 해주는 말이 있다. '시험범위 없는 공부가 진짜 공부란다!'

학생 때도, 입시에노, 자격시험에도 시험 범위가 주어진다. 그런데 인생 벌판에 내팽겨쳐진 다음에, 사회생활하면서는 시험범위를 누구에게 물어볼 데도 없는데 시험은 계속된다.

어떻게 준비하나?, 학원도 없고, 방향도 없고. 그런데 이 때부터가 정말 공부다. 그리고 조금 지나면 성적 평가가 없다.

나중에 시간이 지나면 평가결과는 자신이 안다. 자신이 평가한 성적을 어떻게 느끼는가 경험해 보기 시작하면, 율곡 이이 선생님의 처절함이 공감이 된다고 감히 말해보는데, 한 잔 걸치고 떠드는 아버지의 이야기를 아이들이 얼마나 공감할지 모르겠다.

임상의사로 비뇨기과 의사생활 30년, 갈수록 임상진료는 시험범위 없는 공부란 생각이다. 의과대학 교수시절 신장종양 환자들을 진료하고 조기에 발견되어 '임파선 전이가 없으면 다행이다'라고 설명하고 수없이 신장절제술(콩팥을 떼어내는 일이다.)을 하던 시절, 개복수술로 신장암 수술을 마친 환자가 외래 진료실에 들어섰다. 상처 치유가 순조로웠고 병리조직검사도 종양세포종(oncocytoma)이라는 양성 종양에 가까운 안전한 결과여서 축하를 해 드렸는데, 이 때부터 일은 터졌다. 암이라고 수술했는데 양성종양이 말이 되는가? 내가 가입한 암보험에서 인정 안 된다는데, 양성종양 코드(질병분류 code)가 웬말이냐! '의사 네가 보상하라!'고 드러눕는다.

물론 이제야 실손보험, 암보험 가입한 환자들의 요구사항을 미리 감안해서 가릴 건 가려서 진료하고 '해야 할' 수술만 하는 30년 된 '시니어(senior) 의사'가 되었지만, 그동안 은사님들이 보험이라는 시험범위는 가르쳐 주신 바가 없어서 고생 참 많이 했다.

동료 의사들 중에 심사평가원의 민원 내용과 환자들 사이에서 곤혹을 치른 수많은 사례들을 보면서, 의사 생활이 순탄하려면 임상진료가 '시험범위 없는 공부란 걸 처음부터 알았더라면' 하는 생각이다. 얼마나 많은 젊은 의

시험범위 없는 공부

사들이 '환자를 위한다는 사명감으로' 임상진료에 뛰어들었다가 '마음고생'들을 할지 생각만 하면 안타깝다.

이제 전립선암의 유병률이 높아지고, 조기 진단과 로봇수술 그리고 완치판정이 누적되어 완치 후 성기능 장애의 상담까지 이루어진다는 이야기를 언급한 바 있다. 게다가 성기능 재활수술의 만족도까지 〈앙코르 오르가즘〉에서 여러 꼭지를 통해 에피소드를 말해왔다. 하지만 의사들이 생각하지 못하는 환자 입장의 종양의 치료과정에서 겪었던 충격과 공포, 그리고 일상으로의 복귀과정의 애환은 필자가 계속해서 대학교수로 수술하느라 정신없었더라면 알 수 없었을, 환자들과 같이한 소중한 임상경험이다.

같이 공감하면서 환자에게 도움이 되는 길은, 수술 후 완치는 되었다고는 하나 부족했던 설명과 어떤 경우는 '이럴 거라면, 차라리 수술 안할 걸.' 하고 생각하는 환자들의 생각과 교감하는 것이다. 수술을 결정하고 최선을 다한 의과대학 교수의 입장에서 한 번 다시 생각하고, 좋은 결과를 가져와서 완치가 된 상황에는 같이 감사하자고 설득하는 일이다.

수술 후 완치는 되었는데 요실금이 계속되어 공개적인 사회생활이 어려운 환자, 완전 발기부전으로 수술 집도의를 원망하는 경우, 사실 누구의 잘못은 아닌데도 우울증으로 정신과약을 복용하면서 아내와의 갈등 속에 눈시울을 붉히는 환자들과 마주하면 첫 만남에서 충분한 위로를 해드리기가 벅차다.

영국의 '더 타임스'가 〈이 세상에서 가장 행복한 사람은 누구인가?〉라는 제목으로 국민들의 의견을 수렴한 적이 있다. '생명이 위독한 환자를 수술로 방금 살려낸 의사', '섬세한 공예품을 완성하고 휘파람을 부는 목공', '아기를 깨끗하게 목욕시키고 몸에 분을 발라주며 웃는 어머니', '모래성을 막 완성한 어린아이' 등이 뽑혔다고 한다.

행복이란 무엇을 이루는 피상적인 짜릿한 행복과 반복되는 소소한 일상의 '참 행복'으로 구분해야겠지만, 일단 대중의 눈높이에서 행복감은 일상에서 '무언가 이루어짐'을 통해 느끼게 되니, 그 순간들을 다수가 선택한 듯하다.

행복한 사람들 속에 정치인, 재벌, 귀족 등은 전혀 포함되지 않았다. 인간은 보람 있는 일을 완성했을 때 일상의 행복을 느낀다는 것이고, 행복은 돈, 명예, 권력에 용량 의존적(dose dependent)이지 않다는 것이다.

탈무드에 이런 말이 있다.

- '이 세상에서 제일 지혜로운 사람은 누구인가? 어떤 경우에 처해도 배움의 자세를 갖는 사람이다.'
- '이 세상에서 제일 강한 사람은 누구인가? 자신과의 싸움에서 이기는 사람이다.'
- '이 세상에서 제일 행복한 사람은 누구인가? 지금 이대로를 감사하면서 사는 사람이다.'

이스라엘의 한 랍비에게 개 한 마리가 있었다. 어느 날 그 개는 자신의 꼬리에 행복이 있다는 사실을 발견했다. 그래서 꼬리를 잡기 위해 열심히 노력했다. 그러나 꼬리를 잡으려 하면 할수록 제자리에서 빙빙 돌 뿐 잡을 수가 없었다. 그렇게 헛수고만 하던 개는 결국 힘이 다해 쓰러지고 말았다. 그 모

시험범위 없는 공부

습을 지켜보던 한 늙은 개가 말했다. '나도 자네처럼 행복을 잡으려고 돌고 돌았지만 결국 잡지 못했지. 하지만 한 가지 사실을 깨달았다네. 꼬리를 잡으려고 열심히 돌면 어지러울 뿐이지만, 내가 한 목표를 향해 달리면 그 꼬리는 항상 나를 따라온다는 것일세.'

임상진료를 하면서 아이들한테 '시험범위 없는 공부가 진짜 공부'라고 큰 소리친 결과, 하나 해 줄 이야기가 생겼다. '그래도, 평가는 내가 한다.'는 것이다. 하루하루 진료가 끝난 보람에 환자들과 공감한 가슴을 품고, 오늘 하루 엄청나게 성공적인 무언가를 이루지는 못했어도, 마주했던 환자들과 교감할 수 있었던 행복감을 최고의 가치로 삼고 싶다.

아인슈타인이 하신 말씀이다. '성공한 사람이 되려하기보다 가치 있는 사람이 되려고 노력하라.'

아무리 마음의 도를 닦아도 하루 종일 꼬이는 날도 있다. 기진맥진. 인생살이의 법칙이 원망스럽다.

'사태를 복잡하게 하는 것은 간단한 일이다. 하지만 사태를 간단하게 하는 것은 복잡한 일이다.'

그래도 어떤 일이 오늘 복잡하게 돌아갈 때, 가끔 꼬이는 일 앞에서 자신을 돌아보고 자신에는 엄격하게 남에겐 너그럽게 마음 쓸 일이다. 왜냐하면, 결국 평가는 내가 하기 때문이다.

　수많은 곤경(困境)에 빠지고 실수(失手)에서 헤어 나오느라 힘겨운 것은 자신의 착각 때문이다.

　'우리가 곤경에 빠지는 것은 뭔가를 몰라서가 아니라, 뭔가를 확실히 알고 있다고 착각하기 때문이다.' 마크 트웨인의 지적이다.

凡國之亡也 以其長者也. 人之者失也 以其所長者也
범국지망야는 이기장자야. 인지자실야는 이기소장자야.

- 관자(管子) 12편

　국가가 망하는 것은 그 나라의 장점 때문이며, 사람이 스스로 실수하는 것도 그 사람의 장점 때문이다. 그러므로 헤엄을 잘하는 자는 못에 빠져 죽고, 활을 잘 쏘는 자는 들판 가운데에서 사냥하다가 죽는다.

　자신의 장점에 확신이 선다면, 장점을 사용할 때 신중하고 겸손하란 말씀을 새겨본다. 그것이 나의 장점에 대한 나의 평가이다.

　가끔 시험범위를 받아들고 마음 졸일 때가 있다. 꿈속에서!

달의 뒷면

단단해진 나의 뒷면을 채워가는 간절함

중국 탐사선 옥토끼가 달의 뒷면에 내려앉았다. 달의 뒷면은 우리가 볼 수 없는 면이라는 데 호기심이 있다. 인류 최초로 달 뒷면에 착륙한 '창어(嫦娥) 4호'가 임무를 성공적으로 수행하고 있다고 발표되었다. 착륙선이 '창어(嫦娥) 4호'라면 실제 표면 위의 탐사 로봇은 '위투(玉兎·옥토끼) 2호'다.

그동안 달의 앞면에 착륙은 많이 했어도 달 뒷면에 착륙이 어려웠던 것은 이유는 뒷면으로 가면 지상과 우주비행사 및 탐사선 간의 통신을 할 수가 없기 때문이다. 중국 '국가항천국(CNSA)'은 이 문제를 중계 위성인 '췌차오'(鵲橋·오작교(烏鵲橋))의 도움을 받아 통신을 해결하고 탐사 로봇 '위투(玉兎·옥토끼) 2호'와 착륙선 '창어 4호'는 착륙 후 중계위성을 통해 달의 사진을 여러 장 찍어, 중국 국기인 오성홍기와 분화구가 있는 달의 뒷면을 찍어 보내는 등, 달 뒷면에 착륙한 탐사선의 장비가 제대로 작동하고 있는 사실을 확인했다.

필자는 과거에 〈달의 뒷면〉의 제목의 에세이, 추리소설, 시집 등을 찾아서 탐독한 적이 있다. 인간의 내면을 상징하는 '뒷면'이라는 단어에 끌려서

글을 읽고 생각했다. 인간관계, '나와 너'의 관계를 지구와 달의 관계로 보게 된다. 우주의 수많은 행성과 위성이 존재하듯 수많은 '나와 너'의 관계에서 꼭 '달의 뒷면'처럼 상대의 뒷면이 있기 마련이다.

뒷면에 무엇인가 알지 못하는 면이 존재하는데, 그게 뭐든 간에 우리의 일부고, 우리는 사실 그런 비밀들을 정말 많이 가지고 있다. 그런데 이상하게도 누가 알지 못하는 그 뒷면은 왜 어두운 면이라는 생각을 하게 될까?

실제 달의 뒷면은 어두운 곳이 아니다. 우리가 그 면을 못 보아서 그렇지, 사실은 지구를 공전하면서 자전을 한번하고 똑같이 흠뻑 태양빛을 받는 것이다.

인간관계는 사람을 바라보는 관계에 따라 내가 지구가 되기도, 달이 되기도 한다. 내가 달님으로 살아가는 어떤 상황에서 상대가 나를 모르는 나의 뒷면을 어떻게 내가 만들어가고 있는지. 나만 아는 부분이 있고, 아직 나도 모르는 부분이 있다. 그리고 나는 모르는데 상대가 그럴 거라고 추측하는 모습도 있다.

뒷모습 　　이신강

사람들은 앞모습에는
다 신경을 쓰고
뒷모습에는 덜 신경을 쓴다

그러나 앞모습보다 중요한 것이 뒷모습이다

그가 있으면 환하고
그가 없으면 빈자리가 큰 사람

뒷모습이 아름다운 사람이 되고 싶다

인생살이의 고민은 우선 내가 만들어 가고 싶은, 나의 진짜 모습인 '나의 뒷면'을 만들어가면서 맛과 멋을 느끼고 싶은 것이다. 그리고 삶의 미스테리인 나도 모르는 나의 뒷모습도 인생의 마지막까지 끊임없이 알아가고 싶다.

최초로 달 뒷면에 착륙한 '창어(嫦娥) 4호'가 탐사 로봇 '위투(玉兎·옥토끼) 2호'와 함께 성공적으로 내려앉아 임무를 수행하는 것은 중계 위성인 '췌차오'(鵲橋·오작교(烏鵲橋))의 도움을 받아 통신을 해결함으로써 가능했던 것이다.

'나도 모르는 나의 뒷모습'을 통신 중계해 줄 친구를 찾았다. 가족과 친구와 책이다.

끝없이 나를 위로해 주고 비추어주는 '통신 중계탑' 나의 가족, 휘청거리고 터질 것 같고 외로울 때 같이 해주는 '통신위성' 친구들이 나의 뒷모습을 어렴풋이 알아가게끔 응원해 준다. 그리고 가까이 하면 할수록 화상의 선명도를 높여서 인생의 후반부에 조금씩 선명하게 나의 뒷모습을 보여주는 책들이 고성능 '오작교 인공위성' 역할을 해준다.

『대학(大學)』에 "이른바 성의(誠意)라는 것은 자기를 속이지 않는 것이다.

마치 악취를 싫어하고 미인을 좋아하듯 하는 것이니, 이를 자겸(自謙: 스스로 만족함)이라 한다. 그러므로 군자(君子)는 반드시 홀로 있는 것을 삼간다.(所謂誠其意者, 毋自欺也, 如惡惡臭, 如好好色, 此之謂自謙, 故君子必愼其獨也.)"라고 한 것과, 『중용(中庸)』에 "숨은 것보다 잘 보이는 것이 없고, 미세한 것보다 잘 드러나는 것이 없다. 그러므로 군자는 홀로 있는 것을 삼간다.(莫見乎隱, 莫顯乎微. 故君子愼其獨也.)"라고 한 데서 유래한 것이다.

신독(愼獨)은 한 사람의 개인으로서 자기에게 충실하여 내면적으로 실천의 기반을 확립하는 것을 뜻한다.

원래 신독(愼獨)이란 자신이 혼자 아는 일에 삼가길 다한다는 뜻이지 단순히 혼자 처한 곳에서 삼가길 다한다는 말이 아니다. '다산 정약용'에게 신독은 홀로 거처하는 은밀한 공간에서 삼감을 다하는 것이 아니라, 자기만 아는 내면 공간, 곧 마음에서 삼감을 다하는 것이다. 다시 말해 자기 마음에 대한 수양 주체의 자기반성이다.

신독(愼獨)은 어제보다 오늘, 조금 더 단단해진 나를 만들어 가려는 간절함이고 그것이 바로 나의 뒷면을 채워가는 길이다.

그리고 살아가면서 반대로 내가 바라보고, 달님으로 비치는 가족과 친구들에게 그들이 모르는 그들의 뒷면을 비추는 아버지와 친구가 되고 싶다. 그리고 나의 역할은 거창한 통신중계 인공위성보다는 한 손으로 따뜻하게 안아주고 다른 손에 마음의 손거울을 들어 뒷모습을 비춰주고 싶다.

술에 취해 친구에게 〈달의 뒷면〉 이야기를 했더니, 필자보고 〈달의 앞면〉 가꾸기도 아직 서툴러 보인다고 핀잔을 준다.

맞다. 살아가면서 앞마당 쓸기 바쁘다. 그리고 앞면을 만들어 가는 게 인생의 성취감을 맛보는 것이니 삶의 제1과제가 맞다. 그런데 〈백세인생〉 쪽지에서 말한 바대로 필자는 40대에 접어들면서 동창들을 만나면 "넌 인생 반환점 돌았다고 생각하고 사니?"를 묻고 다녔고, 여러 해 동안 중년 인생 환자들의 후반부를 보면서 "난 반환점 돌았다고 생각하고 살기로 했어." 머릿속으로 셈을 할 필요가 없다. 숫자를 꺾어서 반을 살았는가가 중요한 것이 아니라 시간과 거리가 정해진 바가 하나도 없는 삶이기에 '뒷모습'에 관심이 생겼으면 '나의 뒷면' 가꾸기를 시작하면 그만이라는 생각이다.

'나의 앞면'과 '나의 뒷면'은 나에게 모두 소중한데, 앞면만 보다가 나의 뒷모습을 채우지 못하면 너무 후회스러울 것 같다. 그리고 '나중에'를 기약하기에는 인생이 너무 짧을 것도 같고.

'다산 정약용'의 신독(愼獨)이 홀로 거처하는 은밀한 공간에서 삼감을 다하는 것이 아니라, 자기만 아는 내면 공간 곧 마음에서 삼감을 다한다는 의미가 큰 공감이 간다. 어제보다 오늘, 조금 더 단단해진 나의 뒷면을 채워가는 간절함이다.

달의 뒷면 月球背面　　이웅희

지구상에 발붙이고는 볼 수 없는
달의 뒷면

내가 맨눈으로는 볼 수 없는
나의 뒷면

우주선을 타고
멀리서 보면 보인다던데

가족과 친구와 함께
오래가면 그가 봐서 알려 주려나

그토록 보고 싶었던
그 모습이 보이기 시작했다

아름다움

도가적(道家的) 성의학(性醫學)

　道家를 자연과학적으로 설명하자면 상대성 원리라고나 할까? 그런데 성
의학의 원리를 도가적(道家的)으로 설명하면 썩 잘 어울리는 느낌이다.

　완벽이란 행복의 반대말이라고 한다. 세상에 가장 좋은 삶이란 없다. 성
(性)에서도 '가장 좋은 성생활'을 어떻게 정의할 수 있겠는가? 장자는 옳음
과 그름, 길고 짧은, 아름다움과 추함을 대립관계로 보지 않았다. 다만 우리
의 기준으로 편함과 불편함을 나누는 것뿐이다. 인생을 파도타기에 비유한
다면, 인생의 파도가 클수록 인간은 성숙한다. 파도가 없기를 바라는 인간의
어리석음은 세상살이 중에 여지없이 깨지기 시작한다. 멀리서 보면 그게 그
파도인 듯하지만, 파도는 끝없이 밀려온다. 파도의 리듬은 비슷한 것 같아
도, 똑같은 파도란 존재하지 않는다. 때로는 예측하지 못한 쓰나미가 몰려올
때도 있다.

　도가사상에서 아름다움과 추함을 말하는 것은 눈으로 직접 보고 확인할
수 있기 때문이다. 아름다운 물건을 마다할 사람이 없는 것처럼 추한 것을
좋아할 사람도 없다. 그렇지만 노자와 장자는 우리에게 아름다움과 추함은

상대적 개념이므로 하나에만 집착하지 말라고 한다. 기준이라는 것은 시시각각 달라지기 때문에 하나의 기준에 집착하면 자신을 작은 범위에 국한하게 되어 괜한 고생을 할 수도 있다. 천하는 본래 고요한데 사람이 스스로 문제를 만든다.

상대적인 아름다움이 바로 '늙어가는 것'과 '나이들어 가는 것'에 대한 비교설명이다. 생물학적으로 나이를 먹는 과정이 늙어가는 것이다. 이에 비해 나이가 들어가는 것은 젊은이에게는 없는 것이 생겨나는 것을 말한다.

사람을 다루는 법, 관계를 보는 눈, 풍부하고 다채로운 경험, 세월이 가르쳐준 직감, 욕망을 조절할 수 있는 지혜 등이 나이든 사람에게는 생겨나는 것이다. 나이 들며 성적(性的)으로 생겨나는 새로운 것은 '성상대를 다루는 법', '성관계의 깊은 의미', '풍부하고 다채로운 성경험', '세월이 가르쳐준 성감', '오르가즘을 조절할 수 있는 지혜' 이런 것이라고 〈육십청년〉 꼭지에 설명했다.

노년에게는 노년의 아름다움이 있다. 어린이에게 어린이만의 아름다움이 있는 것과 마찬가지다. 그러니 차별을 두지 않아도 된다. 생명은 매 순간, 세상에 있는 물건은 모두 저마다 감상할 가치가 있다. 그래서 인생은 아름다움을 찾아가는 심미의 과정이라고 말할 수 있다. 성(性)도 마찬가지로 저마다 감상할 가치가 있다. 이것이 바로 깨달음이 있는 도가적(道家的) 성의학(性醫學) 가르침이다.

『장자(莊子)』 '산목(山木)'편에 여관 주인에게 천대받는 미인 이야기가 나온다.

양자가 송나라에 갔다가 여관에서 하룻밤을 묵었다. 여관 주인에게 두 명의 첩이 있었는데 한 명은 미인이고 다른 한 명은 추녀였다. 그런데 추녀가 귀한 대접을 받고 미녀가 천대받고 있어 양자가 그 까닭을 물으니 여관 주인이 대답했다. "미인은 스스로 아름답다고 여기는데 저는 그 아름다움을 모

르겠고, 추녀는 스스로 추하다고 여기는데 저는 그 추함을 알지 못하겠습니다." 양자가 말했다. "제자들아 기억하라. 현명하게 행동하면서도 스스로 현명하다고 과시하지 않으면 어디를 가든 사랑받지 않겠는가?"

아름다움이란 스스로 드러내려고 하면 할수록 오래가지 못하고 빛이 바랜다. 주변에서 선행을 하고도 너무 자랑하는 사람이 있을 때, 눈살이 찌푸려지는 것과 같다. 아름다움은 상대적인 것이다. 내가 아름답다고 생각하는 것을 남은 아름답게 여기지 않을 수도 있다. 대상의 '아름다움'은 어디까지나 내 생각일 뿐이다.

동양 철학자인 공자, 순자, 노자와 성선설, 성악설, 성무선악설에 대해 수업을 하던 선생님이 갑자기 아이들에게 물었다.

"그런데 너희들 성억제설은 누군지 아니?"

아이들은 어리둥절한 표정으로 고개를 가로저었다.

"'참자'란다."

그러자 아이들은 교실이 떠나가라 웃어댔다. 선생님이 다시 물었다.

"그럼 성불구설은 누군지 아니?"

호기심에 가득 찬 눈으로 대답을 기다리는 아이들에게 선생님이 말씀하셨다.

"'고자'란다!"

인간의 삶에 대한 장자의 생각은 이러했다. 사람은 자각적인 존재이다. 남을 보고 자신을 그려서는 안된다. 과거와 미래를 가지고 현재를 그려서는 안된다. 가치가 없는 것에서 가치가 있는 것을 그려서는 안된다. 무한에서 유한을 그려서는 안된다. 죽음에서 삶을 그려서는 안된다. 그렇게 하면 사람은 자유롭게 된다. 장자의 철학은 자유의 철학이다. 생명을 무한의 시간과 공간의 구속에서 헤어 나오게 하는 체험 철학이다. 장자의 눈으로 보면 세상 사람의 생활은 '생명이 없는 질서' 바로 그것이었다. 장자가 찾던 것은 '생명이 있는 무질서' 바로 그것이었던 것이다. 30년 성의학 임상의사로 지나온 세월 동안 인간의 '성'에 대해 도가적 투명필름에 투영된 삶을 생각하게 된다. '성'은 자각적인 대상이다. 바로 도가적 사상의 자유개념 '생명이 있는 무질서'로 다가온다.

생물학적 크기, 성행위의 강도, 빈도 등 다른 사람과 비교하고픈 사람들을 보면 굳이 도가사상을 인용하지 않더라도 자각적 성 만족도를 높이도록 권유하게 된다. 인간의 판단은 항상 상대적인 것으로 절대 올바르다는 것은 존재하지 않는다. 그럼에도 불구하고 인간은 자신의 지식에 의존하여 판단하고 이를 절대시하려고 한다. 지적동물인 인간의 이러한 비극은 자신의 지식 한계를 자각하고 이를 초월할 때 극복될 수 있지 않을까?

송나라 사람의 특효약

송나라 사람의 어떤 사람이 특효약을 가지고 있어서 겨울에 손에 바르면 터지지 않아 그 가족은 대대로 강에서 솜과 천을 빨면서 가업을 잇고 있었다. 한 사나이가 그 소문을 듣고 특효약 제조법을 백금을 주고 사들였다. 그 사나이는 오왕에게 그 약을 만들어 바치고 군사들에게 사용하도록 권했다. 당시 오나라와 월나라는 원수지간이었으므로 오왕은 그 약을 사용하여 추운 겨울 수중전을 통해 손이 튼 월나라 군사들을 물리쳤다. 전쟁 이후 전과에

상응하는 보답을 받은 사나이는 여유있는 생활을 하게 되었고 특효약을 판 송나라 사람은 여전히 솜과 천을 빨고 지냈다.

성의학 역사에서 전환점을 맞게 된 사건이 비아그라의 발명이다. 일반명 '실데나필'이라는 이 성분은 협심증치료제로 개발되었다가 음경해면체의 혈류증가의 현상을 발견하였고 이에 따라 발기부전의 치료제로 임상시험을 거쳐 성공하기에 이르렀다. 게다가 '폐동맥협착' 등 혈관질환에 독보적인 특효약이고 폐혈류의 증가에 따른 고산증에도 효과를 보인다. 혈관활성약물의 성기능치료제로의 적용이 인류학적 충격을 주었음을 말할 필요가 없다.

예로부터 일반적인 생명의 교훈은 '사람은 강해져야 한다, 약해지면 안된다. 사람은 현명해야 한다. 멍청이가 되어서는 안된다.'였다. '노자(老子)'라는 사람이 나타나서 사람은 강해서는 안된다. 약해야 한다. 사람은 현명해서는 안되며 멍청해야 한다. 사람은 무위, 무아, 무욕이어야 한다. 자연스러움이 중요하다. 이렇게 설파하였다.

우리 몸에서 제일 딱딱하고 강한 것과 부드러운 것을 고른다면 치아와 혀일 것이다. 그런데 나이가 들면 이는 모두 빠졌지만 혀는 멀쩡하게 남아있다. 큰 나무는 풀보다 강하다. 그런데 태풍이 불면 큰 나무는 부러지고 쓰러지지만 풀은 아무렇지도 않다. 바람은 몸도 형태도 없지만 집과 나무를 쓰러뜨릴 수 있으며 물은 그릇에 따라 모양을 바꾸지만 사물을 가라앉히고 포함

할 수 있다. 약한 것이야말로 강한 것이다.

상대적인 아름다움, '나이들어 가는 것'을 진료실에서 상담의 제일 목표로 한다. 자신의 전체적인 건강을 돌아보고, 검진을 통해 〈신체적 나이〉를 평가해 본다. 컴퓨터 단층촬영에서 보이는 큰 혈관, 작은 혈관의 동맥경화와 임상병리검사는 신체의 시간적 공간적 단면을 평가해 준다. 상담을 지속하면, 주관적인 〈자각적 나이〉를 돌아보고 '어디쯤 왔나' 공감해 보는데 보통 달력 나이의 15년을 감해서 느끼고들 있다.

마지막으로 〈심리적 나이〉를 평가해서, 정신적인 성숙도를 평가한다.

중년의 아름다움이 멋지고, 노년에게는 노년의 아름다움이 있다. 성(性)도 마찬가지로 저마다 감상할 가치가 있다. 이것이 바로 깨달음이 있는 도가적 성의학(道家的 性醫學) 가르침이라고 했다.

인생을 파도타기에 비유하기도 하는데, 파도가 없기를 바라는 중년 이후 성적인 만족도에도 여러 번의 커다란 파도가 닥친다. 파도를 파도로 보지 말고 멋지게 서핑을 즐기는 방법은 파도에 순응하고 스펀지로 만들어진 자신에 맞는 멋진 서핑보드에 늠름하게 올라서서 높은 파도를 즐기는 것이다.

성적인 만족도를 즐기는 서핑보드는 비뇨기과에 오시면 쉽게 구할 수 있답니다!

비뇨기과의 건배사는 '비행기'이다.

비뇨기과에 오시면
행복과
기쁨을 드립니다. ~ ~ ~ ~

〈성기능은 신체 건강의 지표!〉

"두 달 동안 부부관계가 없었어요. 남편의 건강에 적신호가 온 게 아닐까요?" 40대 중반의 부인 한 분이 남편과 함께 진료실에 들어선다. 이처럼 부부가 함께 성기능을 평가받기 위해 내원하는 경우가 적지 않다. 정작 위의 부인과의 상담 후에, 남편을 따로 단독 면담해 보니 하는 말인즉,

"밖에서 일주일에 여섯 번을 하는데 저도 일주일에 하루는 쉬어야지요."

얼마 되지 않은 것 같았는데 그렇게 두 달이 휙 지나가더란다. 게다가…

"제 친구 중에 일주일에 저만큼 하는 슈퍼맨도 없다니깐요…" 하고 능청스럽게 웃는다.

간혹 이런 어이없는 남편의 이야기로 상담이 썰렁해질 때도 있지만 대부분 부부생활이 불가능한 경우 조사해 보면 흔히 말하는 '성인병', '대사증후군(복부비만, 고지혈증, 고혈압, 당뇨병)' 등 신체적으로 건강검진이 아쉬웠던 사례의 환자들을 역으로 진단하게 되는 경우가 많다.

'내가 왜 이럴까?' 갑작스레 성기능장애를 경험하고 당황하여 육체적인 병인지 마음의 병인지 고민하면서 내원하는 환자들에게는 단계적으로 성기능

의 변화 원인에 대한 진료가 필수적이다. 같이 복용하고 있는 약물이나 생활습관, 최근의 심리적인 부담감 등의 신체적, 심리적인 요인들을 자세하게 돌아보는 시간을 가지는 것이 진료의 첫 번째 목표가 되어야 한다.

〈죽더라도〉 꼭지에서 인용한 간암 환자의 애절한 스토리와 결국 성기능 수술을 간암 수술과 동시에 했던 56세 K씨의 비장함이 평생 잊혀지지 않는다.

이제는 사회적인 관심사였던 비아그라 시대를 지나, 복제약물 시대다. 이에 따라 경구약제가 치료제로서 널리 알려지면서 병원에 와서 성상담하는 의식도 높아졌다는 느낌이다. 성기능장애 진료실을 찾는 중년 남성 환자들을 통해 느낄 수 있는 것은 '남성 성기능이야말로 건강의 바로미터(척도)!'라는 절실한 생각이다. 이는 그만큼 사람에게 내재된 질병, 마음의 병(우울증, 심한 정신적 충격 등), 잘못된 생활습관(과음, 흡연 등) 모두가 인간의 본능적이고도 생리적인 발기현상의 장애요인이 될 수 있기 때문에, 자신의 발기에 이상이 있을 때에는 신체적으로, 혹은 정신적인 변화는 없는지, 음식이나 약물복용의 문제는 아닌지 꼼꼼히 생각해보아야 하겠다.

과거에 발기부전의 대부분을 정신적인 원인으로 간주하던 시대에서, 이제는 진단적 근거를 가지고 과거에 심인성, 원인불명으로 생각되었던 환자가 기질성 발기부전으로 진단된다. 특히 중년의 환자들에서는 대사증후군 등의 질병과 연관된 기질성 발기부전의 비율이 80% 이상에 이르는 것으로 알려져 있기 때문에 혹시 부지불식간에 찾아온 성기능장애로 병원을 찾게 되는 경우, 자신의 현재 건강상태에 대한 평가와 기능장애에 대한 정확한 평가를 기초로 가장 적절한 치료를 받을 수 있게 되었다.

'눈은 마음의 창이다!'라는 말이 있다. 맑은 눈동자를 가진 사람은 그 마음도 맑다는 말이다. 비뇨기과 의사가 보기엔 '성기능이 건강의 창이다!'를 외치고 싶다.

해병대를 전역한 아들이 경례를 올리며 자신이 살아온 시간 중에 가장 멋질 뿐 아니라 인생의 모든 걸 바꾸게 된 해병대와 부모님께 감사한다고 고백을 한다.

해병 어록이 무척 많은데 감동이 크다. 그중에 '해병은 태어나는 것이 아니라 만들어지는 것이다!' 이게 마음에 든다.

아들을 해병으로 이끈 나의 중학 동창 친구는 이를 응용해서 '인생은 살아보라고 태어난 게 아니고, 내 인생은 내가 만들어가는 거라고!' 배에 힘을 준다.

50대 중반의 주름진 얼굴로 비뇨기과의사가 답을 하였다.

'성기능과 정력은 타고나는 것이 아니라 만들어가는 것이다!'